CONTENTS

Zずいへ〜

銀魂高校　万事部　部員名簿		顧問：坂田銀八
	高杉《たかすぎ》晋助《しんすけ》	銀魂高校一のヤンキー。 高杉一派のリーダーで、万事部《よろずぶ》の部長。
	河上《かわかみ》万斉《ばんさい》	作詞作曲を得意とし、 高杉とバンド結成を目論んでいる。
	来島《きじま》また子《こ》	高杉を慕う女子生徒。 高杉一派のツッコミ担当。
	武市《たけち》変平太《へんぺいた》	ロリコンの変態で、自称フェミニスト。
	岡田《おかだ》似蔵《にぞう》	リーゼントにグラサン、長ランのヤンキー。 コロッケパンに目がない。

万事部

銀魂

銀魂高校校歌

作：河上万斉

学び舎は、「まなびや」と読むんだぜ
「がくびしゃ」じゃないんだぜ
ほとんど受験勉強しなかったから
受かるかどうかバクチだったぜ、旦那さん
バクチ旦那さん
僕たちの季節は、いつも曇天だ
そして この校歌は、0点だ
嗚呼、銀魂高等学校
嗚呼、銀魂、嗚呼、高等、嗚呼、学、嗚呼、校

俺はただ
壊す

銀魂

【冷血硬派な喧嘩編】

……俺は、ただ壊すだけだ

なんだ、てめーらは？

……今日は、やめておこう。
このあと、そろばん塾もあるしな

……ぶっ壊してやるか、そのグループ

わかったか？
これがカツアゲってやつだ

……いてえじゃねーか

———引かねえ

俺はただ、バッサリいくだけだ

祈れ

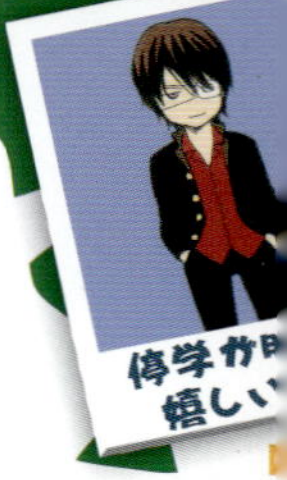
停学か明
嬉しい

俺　そろばん塾
あるから

(シャカシャカ♪)

腐ったミカン
じゃねェ!!

フェミニスト
です

晋ちゃー

いい

着

確

諦め

俺は
探し

『銀魂　帰ってきた3年Z組銀八先生もっとリターンズ　冷血硬派高杉くん』
悪のカリスマ高杉、黄金の玉座〈エリザ椅子〉にお座りポスター

高校の〈血に飢えた野獣〉
冷血硬派高杉くん語録

【高杉くんの日常編】

☞すぎっちです

☞……退屈だな。なにかねえか？
面白ェもんは

☞今まさに刀の鯉口を切ったところ、
という感じだな

だろう。仲間に入れてやる

させてやるよ、ほら

に、麺にコシがあったな

たら、そこで試合終了だぜ

ただ、インスタ映えするポイントを
てるだけだ

☞なんだ？　新入部員か？
――コロッケパン買ってこいや

☞うるせーよ。
……バカ

小説版の晋助様は、
そういう感じなんスか!

よう、おめーら。
変わりはねーか？

3年Z組

銀魂高校　３年Z組　学級名簿		担任：坂田銀八
	坂田《さかた》銀八《ぎんぱち》	３年Z組担任。教師にあるまじき人物だが、なぜか生徒に一目おかれている。
	志村《しむら》新八《しんぱち》	Z組の生徒。地味な存在ではあるが、ツッコミ担当。
	神楽《かぐら》	留学生。見た目は可愛いが、異常な食欲の持ち主。
	志村《しむら》 妙《たえ》	新八の姉。楚々とした美人だが、性格は凶暴。得意料理は卵焼き（暗黒物質《ダークマター》）。家庭科部。
	猿飛《さるとび》あやめ	通称さっちゃん。銀八を愛するドMメガネっ娘。
	桂《かつら》 小太郎《こたろう》	もの静かな男子生徒。謎の生物エリザベスをペットにしている。
	柳生《やぎゅう》九兵衛《きゅうべえ》	剣道を得意とするワケあり美少女。セレブ。
	東城《とうじょう》 歩《あゆむ》	九兵衛を「若」と呼ぶ男子生徒。気がつくとロフトかソープにいる。
	たま	機械じかけの女子高生。首が落ちやすいのが欠点。
	長谷川《はせがわ》泰三《たいぞう》	いつもバイトを探している、通称マダオ。実は水泳部の部長。
	キャサリン	留学生。りりしい眉で濃い顔をした女子高生。猫耳。
	屁怒絽《へどろ》	怪力で強面な荼吉尼《だきに》族の男子生徒。花を愛する。
	佐々木《ささき》異三郎《いさぶろう》	エリートを自称する男子高生。重度のケータイ依存症。
	今井《いまい》信女《のぶめ》	赤い目をした黒髪少女。極度のドーナツ好き。
	エリザベス	ボードで会話をする謎の生物。身長 180cm、体重 123kg。

風紀委員会

銀魂高校　風紀委員会名簿		
	**近藤《こんどう》勲《いさお》**	風紀委員長。妙への強烈な恋心からストーカーと化している。
	**土方十四郎《ひじかたとうしろう》**	鋭い双眸をした、風紀委員会の副委員長。マヨネーズが大好物。
	**沖田総悟《おきたそうご》**	甘いマスクのドＳ風紀委員。
	**山崎《やまざき》退《さがる》**	カバディとミントンばかりしている目立たない風紀委員。文芸部にも所属。
	**斉藤《さいとう》終《しまる》**	非常に寡黙な風紀委員。スケッチブックで会話を行う。

教師

銀魂高校　教師名簿		
	**お登勢《とせ》**	銀魂高校の理事長。
	**ハタ皇子《おうじ》**	銀魂高校の校長。額に触覚がある。
	**じい**	銀魂高校の教頭。同じく額に触覚がある。
	**松平片栗虎《まつだいらかたくりこ》**	キャバクラとドンペリが大好きな体育教師。野球部の顧問。
	**坂本辰馬《さかもとたつま》**	船酔いですぐに吐いてしまう数学教師。
	**服部全蔵《はっとりぜんぞう》**	痔に悩まされている日本史教師。チョーク投げも得意。
	**平賀源外《ひらがげんがい》**	変な発明をしてばかりの理科教師。ロボット部の顧問。
	**月詠《つくよ》**	ミニスカートのスーツに白衣を羽織った保健体育の教師。

関係者

銀魂高校　関係者名簿

	**徳川茂々《とくがわしげしげ》**	銀魂高校のOBで、内閣総理大臣。
	**百地乱破《ももちらっぱ》**	銀魂高校の学食厨房を担当。 相方は全身包帯の機械人形モモちゃん。
	**ブルー霊子《れいこ》**	霊なのに自称天使。 大けがを負い、首に吊り縄を巻いている。
	**外道丸《げどうまる》**	銀魂高校の学食厨房を担当。 大きな金棒を振り回す怪力の持ち主。
	**白夜叉《バクヤサ》**	銀魂高校の学食厨房を担当。 焼きそばパンの補給が得意。
	**神威《かむい》**	夜兎《やと》工業高校の生徒。過去に銀魂高校へ 殴り込みをかけ、高杉とは因縁がある。
	**阿伏兎《あぶと》**	夜兎工業高校の生徒。８年留年中。
	**猩覚《しょうかく》**	春雨《はるさめ》高校の三大番長「三凶星《さんきょうせい》」の一人。 大猿のような巨体の持ち主。
	**范堺《はんかい》**	春雨高校「三凶星」の一人。ザクに似ている。
	**馬董《ばとう》**	春雨高校「三凶星」の一人。額に目を持つ。
	**辰羅《しんら》**	「チーム辰羅《しんら》」を名乗る暴走族。
	**朧《おぼろ》**	天照院《てんしょういん》高校の番長。

プロローグ

校長室――

大きなデスクにハタ校長が座り、その斜《なな》め後ろには、タブレット端末《たんまつ》を手にした教頭のじいが立っている。

デスクの前の応接ソファでは、３年Ｚ《ずぃー》組の担任教師、坂田《さかた》銀八《ぎんぱち》が、ゆるみきった顔でジャンプを読んでおり、ここで、「坂田君」と、ハタが苦々《にがにが》しく口を開けば、おなじみの校長室のシーンとなるのだが――今日は違った。

ハタ校長から見て、応接ソファの向こう、ドアを背にして五人の生徒が立っている。呼び出しを受けて、ここに集められた五人だ。

高杉晋助《たかすぎしんすけ》、河上万斉《かわかみばんさい》、武市変平太《たけちへんぺいた》、来島《きじま》また子《こ》、岡田似蔵《おかだにぞう》――の五人である。

全員が３Ｚ《ずぃー》の生徒。そして有《あ》り体《てい》に言ってしまうと、全員が「不良」「ヤンキー」のレッテルを貼《は》られた生徒である。

「今日、君たちをここに呼んだ理由は他でもない」と、ハタがしかめっ面《つら》で言った。「君たちの生活態度について、今一度きっちりと話をしておかねばならんと思ったからじゃ。――教頭」

と、ハタは傍《かたわ》らのじいに声をかけた。

「こないだ集計したデータを、こいつらに聞かせてやってくれ」

「ええ？　今ですか？」タブレットを持つ教頭は露骨《ろこつ》に嫌《いや》そうな顔をした。「今、『ジャンプ+《プラス》』読んでるんですけど」

「あとにしろ」と、ハタは怒《いか》りの血管を額《ひたい》に浮かべる。

はいはい、とため息まじりに返し、教頭はタブレットを操作した。そして、開いたページを読み上げ始める。

「――遅刻、七十四件。無断早退、四十九件。無断欠席、六十五件。課題の未提出、百十二件。自転車の二人乗り、六十二件。登下校中における他校の生徒とのメンチの切り合い、三十八件。購買《こうばい》部でのコロッケパンの買《か》い占《し》め、十七件。渡り廊下での無許可ストリートライブ、七件。担当編集の丸坊主《まるぼうず》、三件」

教頭が言葉を切ると、ハタが続けた。

「この一か月間で、君たちのやった校則違反や問題行動の件数じゃ。はっきり言って目に余《あま》る」

「いや、最後のは連載中に空知《ゴリラ》がやったことっスよね!?」すぐに反論したのは来島また子だ。「あと、コロッケパンとストリートトライブは似蔵と万斉先輩だし！」

　だが、ハタは取り合わない。

「誰が何をやったか、詳細《しょうさい》はこの際どうでもよい。君たちは日頃グループで行動しとるんじゃ。個別に呼び出して指導するほど、我々も暇じゃない」

「暇じゃねえなら――」と口を開いたのは、高杉晋助だ。「さっさと処分下《くだ》しゃあいいじゃねえか。つまんねー数字読み上げてねえでよ」

　冷血硬派《れいけつこうは》、最強カリスマヤンキーの冷たい声音《こわね》に、ハタは一瞬、う、と怯《ひる》む。

　口元に薄い笑《え》みを浮かべた高杉の隣で、

「さて、どんな処分になるやら……」と、他人事《ひとごと》のように言ったのは武市。

「拙者《せっしゃ》の予想、ま、停学二週間……ってところか」と万斉が続け、

「できれば反省文提出なんかで済《す》ませてもらいたいねェ」と似蔵がニヤリと笑う。

「そ……そのどれでもなーい！」

　高杉たちにびびりつつも、ハタ校長は声を張り上げた。そして、高杉にビシリと指を突きつけると、

「高杉晋助！　ほか四名！　君たちに下す処分は……い、一か月間の校内奉仕《ほうし》活動じゃ！」

「校内奉仕活動……？」

高杉の、眼帯《がんたい》に隠されていないほうの目がキュッと細くなった。他のメンバーも訝《いぶか》しげな顔になる。

そこへ、ジャンプを閉じた銀八が言った。

「ま、要するに、てめーら全員、校則違反の罰《ばつ》として、学校でボランティアしろっつーことだ」

アンニュイな視線を高杉に向け、銀八は続ける。

「だいたいてめーら、停学食らったとしても、どうせ休暇ぐらいにしか思わねーだろ。だったらちゃんと登校させて、学校のためになるような活動させたほうがいいんじゃねーかって職員会議で決まったんだよ」

「具体的に、何をさせるつもりですか？　その、校内奉仕活動とやらは」武市が聞く。

「何っておめー、たとえば、俺の肩もんだり、俺の代わりにジャンプ買いに行ったり、俺の代わりにドラクエのレベル上げしたり……」

「それ全部アンタへの奉仕活動っスよね！」また子がつっこむ。

うるせーな、という顔で銀八は小指で耳をほじりながら、

「だからまあアレだよ、奉仕活動っつーのは、グラウンドの草むしりとか？」

「それが済んだら？」と、聞いたのは高杉だ。「奉仕期間は一か月あるんだろ？」

「済んだら？　済んだら、そのー……アレだ。次は、中庭の草むしりだな」

「それが済んだら？」

「す、済んだら？　えーと、だからアレだよ、そう、次は体育館の裏の草むしりだな」

「それが済んだら？」

「ぐ……」と、言葉に詰《つ》まると、銀八は校長のデスクに近寄り、ヒソヒソと声をかけた。

「おい、あの眼帯《がんたい》野《や》郎《ろう》、すげー『済んだら済んだら』って言ってくるぞ。他になんかやらせることねーのかよ」

「そ、そんなこと言われても……」ハタが困り顔になる。「こっちはグラウンドの草むしりぐらいしか考えてなかったし……」

「なんでもっと考えとかねーんだよ。一か月あるんだぞ。他に草生《は》えてそーな場所ねーのかよ」

「なんで草むしり限定なんじゃ！　だいたい君も職員会議出てたんだから、そん時にいろいろ提案すりゃよかったじゃろーが！」

「俺が職員会議なんか出たって寝てるに決まってんだろーが！」

「威張《いば》るんじゃない！」

その時、教頭がプッと吹き出した。「おもしれーな、『悪魔《あくま》のメムメムちゃん』」

「ジジイてめー！　目ぇ離した隙《すき》に『ジャンプ＋《プラス》』読んでんじゃねーよ！」

「おもしろくて草生えるわ」

「草じゃなくて、てめーの触角むしるぞジジイ！」

「だったらこうしねーか？」

と、教師たちの小競《こぜ》り合《あ》いに割って入ったのは高杉の声だった。

銀八たちは、ん？　と、そちらを向く。

「俺たちがどんな奉仕活動をするかは、依頼人次第《しだい》……てのはどうだ」

「依頼人？」銀八が片眉《かたまゆ》を上げる。

ああ、と頷《うなず》くと、高杉は不敵《ふてき》な笑みとともに続けた。

「これから一か月間、俺たちは『校内奉仕活動部』ってのを立ち上げる。俺たちに何かやらせたい奴《やつ》がいれば、俺たちはそいつの依頼に応《こた》えるってわけだ」

「依頼に応える、か……」銀八は繰《く》り返《かえ》すと、腕を組んだ。「ま、要するにアレか、『スケット・ダンス』高杉版をやろうってことか」

「そういう形ならアンタらも楽でいいんじゃねーか？　俺たちにやらせることをいちいち

考えなくて済むんだからよ」

「ま、楽っちゃ楽だけどよ……」銀八はハタに顔を向けた。「どーすか？　校長。校内奉仕活動部」

「うーむ」とハタは思案顔になる。「悪くはないと思うが……」

「いいんじゃないですか」と言ったのは教頭だ。「生徒の自主性を重んじるという意味でも、いっそ部活にして、コイツらに活動内容を委《ゆだ》ねるというのは」

　迷っていたハタだが、やがて「そう……じゃな」と頷いた。そして高杉たちに向き直る。

「いいじゃろう。今日から一か月、君たち五人を校内奉仕活動部として認めよう」

　要求が通ったことに満足したのか、高杉の口元の笑みが濃くなった。

「サボるなよ」銀八が釘《くぎ》をさすように言う。「そういうクラブを作った以上、おめーら、本家のスケット団ばりに働くんだぞ」

「言われるまでもねーよ」

　と返す高杉の頭には、いつのまにか赤い帽子《ぼうし》とゴーグルが載《の》っている。

「いや、晋助様、コスプレ早っ！　ボッスンならぬタッスンっスか!?　素敵《すてき》っス！」

＊

校長室を出ると、高杉たちは体育館の裏手に向かった。

そこに、高杉たちが溜《た》まり場《ば》として使っているプレハブ小屋があるのだ。元は何かのクラブの部室だったプレハブ小屋である。

「どういうつもりでござるか、晋助」歩きながら万斉が聞いた。「校内奉仕活動部とは」

「別に。大したことは考えてねーよ」先頭を行く高杉が言った。「あいつらの言いなりになって草なんぞむしってるより、こうするほうがおもしれーと思ったまでだ」

「しかし、私たちのもとに依頼人など来ますかね」と言ったのは武市だ。

「確かにねェ」と似蔵も続ける。「校内のフダ付きのワルに、頼み事をしようなんて酔狂《すいきょう》な奴が果たしてどれだけいることやら……」

「ふっ、意外といるかもしれねーぞ?」高杉が鼻を鳴らす。「酔狂な奴が集まってんのが、この銀魂《ぎんたま》高校ってところだからな」

そして、五人は溜まり場のプレハブ小屋の前に着いた。

古びた小屋で、トタンの屋根や壁には銹《さび》が浮き始めている。小屋の入り口はアルミサッシの引き戸で、元々上半分はガラスが嵌《はま》っていたのだが、それも割れてなくなり、今は代わりにベニヤ板が張りつけられている。

その引き戸の前で高杉は立ち止まり、しかし中に入ろうとはしなかった。

「晋助殿《どの》？」

武市が声をかけると、高杉はようやく口を開いた。

「……やるからには、クラブの看板出しといたほうがいいだろうな」

そう言うと高杉は腰を屈《かが》め、引き戸の近くに転《ころ》がっていた黒のスプレー缶を拾《ひろ》い上《あ》げた。

カラカラと缶を振ると、引き戸のベニヤ板の部分に何やら文字を書き始める。

校内奉仕活動部――とは書かなかった。

「これは……」と、武市が呟《つぶや》いた。

高杉が書いたのは、三文字。荒々しい書きぶりで、

『万事部《よろずぶ》』

「こっちのほうがシンプルでいいだろ」

高杉は言って、薄く笑った。

確かに、意味するところが同じなら、三文字のほうが話は早い。高杉の洒落《しやれ》っ気《け》に、また子たちもニヤついた。

ちょうどそこへ通りかかったのが、同じクラスの神楽《かぐら》だった。

「ん？　お前たち、何アルか。クラブ作ったアルか。えーと……」

と、神楽は引き戸の文字を読んだ。

「まんことぶ」

「いや、『よろずぶ』っスよ！」

第一講

プールの水、抜いてみました

1

高杉一派《たかすぎいっぱ》が、これまでの校則違反の罪滅《つみほろ》ぼしとして、「万事部《よろずぶ》」なるクラブを立ち上げた――このことは、瞬《また》く間に全校生徒に知れ渡った。
学校の掲示板に、その旨《むね》の書かれた紙が張《は》り出《だ》されると、このご時世である、SNSやら何やらで、情報はあっという間に拡散していった。

――高杉たち、万事部やるってよ。
――万事部って、何?
――人助けとか?
――要は、なんか手伝ったりしてくれんだろ?
――やっと改心したのか!
――出た、便利屋設定。
――ヤンキーが奉仕《ほうし》活動とかw
――でも、あの人たち、なにげにスペック高そー。

――頼みたくても、怖《こわ》くて近寄れない……。

生徒たちの受け止め方はさまざまで、好意的な意見もあるにはあったが、やはり大勢《たいせい》は「ヤンキーだから頼みにくいよね」という声だった。

まあ、それが人情ってもんスよね、と来島《きじま》また子《こ》は思う。

なんと言っても、冷血硬派《れいけつこうは》・高杉晋助《しんすけ》の率《ひき》いるグループなのだ。小説版での登場回数も増《ふ》え、かつてほどの恐怖感は与えていないにしても、だからといって親しみやすさが増しているわけでもない。たまにバラエティー番組に出て笑っていても、基本Ｖシネのコワモテのイメージだから、やっぱ白竜《はくりゅう》は怖いよねの法則である。普通の生徒からしたら、頼み事があっても声はかけづらいよね、と思うのが当然の反応だろう。

だから依頼人が、

「意外といるかもしれねーぞ？」

という、高杉の読みは、外《はず》れるんじゃないかと、また子は思い始めている。

「ま、来なきゃ来ないでいいでござる、依頼人なんて」

と言うのは、河上万斉《かわかみばんさい》だった。

掲示板に万事部のことが貼り出された翌々日の放課後、溜《た》まり場《ば》のプレハブ小屋――改

め、万事部の部室での会話である。

昨日《きのう》も一昨日《おととい》も、万事部に依頼人は来なかった。

「このまま閑古鳥《かんこどり》かねェ」

と似蔵《にぞう》が呟《つぶや》いたのを受け、万斉が言ったのだ。依頼人なんか来なきゃ来ないでいい、と。

万斉が続ける。

「この先一か月、万事部に依頼がなかったとしても、拙者《せっしゃ》たちに害はない。むしろ奉仕活動をしないままペナルティーを終えられるのでござるから、そっちのほうが好都合《こうつごう》ともいえる。……ま、もっとも——」

そこで万斉は、部屋の奥に視線を向けた。一人がけのソファに高杉晋助が座《ざ》している。

「——晋助、お前はそれを見越して万事部なんてものを作ったのかもしれんがな」

悠然《ゆうぜん》とソファに座す高杉は、薄笑《うすわら》いを浮かべたまま答えない。その表情は、さてな、お前はどう思う？　と問いかけているようにも見えた。

どう思う、と問われれば、また子にも高杉の真意は読めない。

依頼人が来なければ働かなくて済《す》む。それを見越しての万事部立ち上げならば、それはそれで高杉らしい悪魔的な策といえるが……。

その時、部室の扉がノックされた。続けて、「すんませーん」というくぐもった声も。

また子たちは、さっと視線を交《か》わした。これは、もしや……?

「どうぞ」と、扉の向こうに声をかけたのは、武市変平太《たけちへんぺいた》だ。

「失礼しまーす」と、引き戸が開けられ、そこに立っていたのは一人の男子生徒だった。

「お前は……」と、また子が言った。「グラサンかけ機!」

「長谷川泰三《はせがわたいぞう》だよ!」

髭面《ひげづら》のマダオがつっこんだ。

万事部の、記念すべき最初の依頼人はこの男だった。

2

「ほんとに、何でも手伝ってくれんのか?」

勧《すす》められたパイプ椅子《いす》に腰かけると、長谷川が聞いた。

「ええ、原則的に依頼にはすべて応《こた》えるようにと、学校からは言われていますが……」と、武市が答える。

高杉は奥のソファに座し、似蔵は壁にもたれて立っている。また子、武市、万斉は、適当な場所にそれぞれ椅子を置いて座り、依頼人の話を聞く時間が始まっていた。

グラサンの位置を指で直し、長谷川がきりだした。

「お前らが知ってるかどうか知らねえが、俺……実は水泳部の部長なんだ」

それは、確かに知らない情報だった。

続けてくれ、という感じで、また子が頷くと、長谷川は言葉を継《つ》いだ。

「まあ、人生をうまく泳げなかった代わりに、水の中くらいは自由に泳ぎたいと思ってな」

「いや、理由が切《せつ》ないっスよ！」

また子が早速《さっそく》つっこみ、長谷川は、さらに続ける。

「やってみると楽しいもんだ、水泳ってのは。いろんな泳ぎ方もマスターできたしな。

……苦労流《クロール》、罵多負来《バタフライ》、卑裸汚世疑《ひらおよぎ》……」

「字がおかしいっスよね！　そんなネガティブな泳法《えいほう》マスターしたくないっスけど！」

「あとは、多恥及犠《たちおよぎ》、それから、犬かきならぬ、負け犬かきってのもあるな。おや、涙が出てきやがった」

「いや、何しに来たんスか、アンタは！　そういう自虐《じぎゃく》コメント聞いてもらうのが依頼っスか⁉」

「そうじゃねーよ」

座り直すと、長谷川は言った。

「お前たちに頼みたいことってのは、ズバリ……プール掃除《そうじ》だ！」

「プール掃除……」と、武市。

「ああ。もうすぐプール開きだろ？　で、その前にプール掃除ってのをやんなきゃいけねえんだが、そいつは毎年俺たち水泳部がやることになってるんだ。……けどよ、今年はちょっとマズいことになってな。つーのも、俺一人でやんなきゃいけなくなったんだよ、そのプール掃除を」

「一人で？　どうしてっスか？」

また子が聞くと、長谷川は「いやー」と頭をかく。

「それなんだけどよ、実は、水泳部の連中と部室で話してる時に、今年はジャンケンで負けた奴《やつ》が、罰《ばつ》ゲームとして一人でプール掃除しようぜってことになってな、で、そのジャンケンに俺が負けちまったんだよ。けど、参《まい》ったぜ。部員十人でジャンケンして、最初の一回目で俺の負け決定。まったく、どこまで負け癖《ぐせ》が染《し》みついてやがんだ俺は。ハッハッハ……あれ、また涙が……」

「いちいち泣かなくていいっスから！」

また子がつっこみ、「まあ、そういうわけでよ」と、長谷川は気を取り直して続ける。

「手伝ってくれねーかな、プール掃除。……まあ、罰ゲームの趣旨《しゆし》からすりゃあ、俺が助《すけ》

っ人《と》頼むのは反則かもしれねーけど、さすがにあのデカいプールを一人ってのは、キッすぎる」

だからまあ万事部さん頼むよ、というわけらしかった。

長谷川の話がひと区切りつくと、また子たちの視線は自然と奥に座る高杉のほうへ向けられた。

みんなの視線を受け、高杉は静かにソファから立ち上がった。よもや依頼を断《ことわ》ったりはしないだろう……が、王は気まぐれだ、何を言い出すかわからない。

すっと右手を上げると、高杉は静かに言った。

「万事部につぐ」

また子たちは、唾《つば》をゴクリと飲み込む。

次の瞬間、高杉は目をくわっと見開くと、

「プールを磨《みが》き倒《たお》せェェェェェ!!」

烏《からす》どもを踏み殺せェェェェばりのテンションで叫んだのだった。

「いや、急になんなの、そのテンション!?」長谷川は椅子の上でのけ反《ぞ》った。「でも、やってくれるんだ! ありがとう!」

3

プールの水というのは、夏が過ぎてもそのまま貯めておかれる。なんでかというと、防火用水としてとっておくためである。学校の近くで火事が起きた時なんかは、消防隊の人がその水を消火のために使うのである。

というような説明を、プールに向かう道すがら、長谷川は万事部の面々にしてくれた。

「一年も貯めておかれた水ですから、さぞかし濁《にご》ってるんでしょうね」

武市が言うと、長谷川は頷《うなず》く。

「まあな。お世辞《せじ》にも綺麗《きれい》な水とは言えねえ。――が、アンタらがその水を見ることはねえよ」

三時間ほど前からプールでは排水が始まっていて、もうそろそろ終わる頃だという。

「家の風呂じゃねえからな。水抜くのも、それぐらいの時間がかかるわけよ」

などと言っているうちに、一行《いっこう》はプールに到着した。

長谷川を先頭に、鉄扉《てっぴ》を開《あ》け、セメントの階段を上がり、プールサイドに立つ。

そこで、また子は言葉を失った。

「なん……スか、これは」

25メートル×8レーンのプールに、今、水はない。排水はすでに終わっているのだ。が、プールの底がほとんど見えないのだ。空《あ》き缶《かん》、ペットボトル、なんかよくわからない枝、紙切れ、布切れ、パイプ椅子や、スチールロッカー、要は大量のゴミが転《ころ》がっているせいだった。

「いやー、毎度のことながらヒデーもんだな」

長谷川が溜《た》め息《いき》まじりに言う。その口ぶりに、また子ほどの驚きはない。

「毎年こんな感じなんスか?」

「そう。いるんだよな。自分一人くらいならいいだろうって、こっそりゴミ放り込む奴が。その結果がこれだ」

また子はかぶりを振る。ヤンキーキャラの自分がモラルの低下を嘆《なげ》くのも妙な感じだが、これはひどいと思った。

「こいつは思ったよりもハードでヘビーな仕事のようでござるな」

万斉が言うと、武市も「確かに」と頷いた。

「さっさとやっちまうか」と、高杉が言う。「眺《なが》めてても、ゴミは減《へ》らねえ」

ひらりとプールの中に降り立ったリーダーに遅れまいと、また子たちも相《あい》前後してプールへと降り立つ。

ちなみに万事部の面々と、それから長谷川も、すでに制服から体操服へと着替えを済ませている。上は半袖《はんそで》、下はジャージの裾《すそ》を巻き上げるというスタイルだ。

で、プールの中に降りてみて、また子は改めてゴミの量とその雑多《ざった》さに驚いた。とにかくいろんな物が捨てられているのだ。

空き缶やペットボトルといったゴミは、許されることではないけれど、まあ理解の範疇《はんちゅう》ではある。だが、自転車やスチールロッカーのような物になってくると、もはや産廃《さんぱい》だ。いったい誰がどういう神経で捨てたのか。

とりあえず小さなゴミから袋に入れていると、しばらくして、

「よーし、できたでござる！」

と、万斉の声がした。

できた？　いやいや、そう簡単にこのゴミが片付けられるはずは……と、また子がそちらを見ると、万斉は、スキー板に木箱を乗せ、その木箱を犬のぬいぐるみと紐《ひも》でつなげていた。犬の頭には木の枝で作った角《つの》までつけられている。

「チョッパーが橇《そり》を引いて夜空を飛んでいるところー」

「いや、何作ってんスか、先輩！」また子のツッコミが弾《はじ》ける。

「これだけ材料があると、創作意欲を刺激されるでござる」

「されなくていいんスよ！　捨てなきゃいけないんスよ！　ゴミだから！」

また子が怒鳴《どな》っていると、

「おーい、俺のも見てくれ」

と、長谷川の声もした。

見ると、長谷川は、でかい木箱に古紙《こし》を大量に入れ、その中に自分も入り、シャンパンの空《あ》き瓶《びん》を高々と掲《かか》げている。

「金持ちが浴槽《よくそう》にお札をたくさん入れてシャンパンを飲んでいるところー」

「いや、たまに見るけど、そんな写真！　つーか依頼人が遊んでどーすんスか！」

と言っていると、今度は似蔵だ。

「俺も作ったんだがねェ……」

「だから遊んでる場合じゃ――」

と、そちらを見ると、似蔵は自分の右腕に大量の廃材をくっつけて、腕を巨大化させている。

「俺が紅桜《べにざくら》に乗っ取られたところー」

「いや、笑えねーから！」また子はシャウトする。「似蔵アンタ、小説版でも乗っ取られるのやめてくんないスか⁉　あと、みんな語尾の『ところー』が腹立つっス！」

「目障《めざわ》りな光が消えねェ……」と、変な声を出す似蔵。

「その声で言うなァァ！　めちゃめちゃコエーから！」

「私のも見てもらいましょうか」

と、そこへ聞こえたのは武市の声だ。

「私の作品は、この裸《はだか》のマネキン人形を使って――」

「自主規制じゃァァァァ！」

と、また子は武市の『作品』に飛《と》び蹴《げ》りをかます。ドガシャアと壊《こわ》される武市の作品。

「ひどいじゃないですか、また子さん。私が作ろうとしたのは、更衣室《こういしつ》の中学せ――」

「タイトルも言わなくていいんスよ！　アンタ、この小説、発禁処分にしたいんスか！」

「おめーら、くだらねえモン作ってんじゃねーよ」

と、そこへ聞こえたのは、高杉の声だ。

さすがは晋助様。他のアホ部員と違って、変な工作をしたりは――と、また子がそちらを見ると、高杉もしっかりと作っていた。金属製の廃材を駆使《くし》して、めちゃくちゃ完成度の高いペガサスの青銅聖衣《ブロンズクロス》（オブジェ形態）を。

「いや、完成度パネェ聖衣《クロス》キタァァァ！　晋助様スゲェェェェ！」

「ちなみに、アテナの血で蘇《よみがえ》った最終青銅聖衣《ブロンズクロス》だ」

「細《こま》かい解説までありがとうございますっス、晋助様！」

また子が、ツッコミというよりは賛美の声を上げた時だ。プールサイドから声がした。

「ちっ、案《あん》の定《じょう》爆発してやがるな、バカの小宇宙《コスモ》が」

「誰っスか！」

と、また子がプールサイドを振《ふ》り仰《あお》ぐと、そこには三人の男子生徒が立っていた。

声を発したのは、右端《みぎはし》の男――土方十四郎《ひじかたとうしろう》。真ん中に近藤勲《こんどういさお》を挟《はさ》み、沖田総悟《おきたそうご》もいる。

風紀委員会の面々がプールサイドからこちらを見下ろしていた。

4

「何しに来やがったんスか、アンタら」

また子が噛《か》みつくと、土方が答えた。

「何って、監視だよ、監視」

「監視ィ？」

「てめーらが万事部なんてもんを作ったって聞いた時から、こっちは胡散《うさん》くせえと思ってたんだ」

「どういう意味っスか？」

「依頼が来なきゃ奉仕活動せずに済むし、来たら来たでフザけ倒してうやむやにする――そういう狙《ねら》いなんじゃねーかと思ってな。……で、気になって様子《ようす》見に来たら、案の定だ。プール掃除と言いながら、やってんのはバカなオブジェ作りじゃねーか」

「何事にも遊び心ってのは大事だぜ？」高杉が薄笑いとともに返す。「義務感だけで作業してると息が詰《つ》まる。遊びを組み込んだほうがはかどる。違うか？」

「そ、そうッすよ！　遊び心っスよ！」

　また子も言い立てたが、土方は鼻を鳴らす。

「そんなもん屁理屈《へりくつ》だ。――いいか？　俺たち風紀委員会が監視に来た以上、遊び心なんざ持ち出すことは許さねえ」

「トシの言う通りだ。お前たちはせっせと奉仕活動に従事していればいいんだよ」

　と、言いながら、風紀委員長の近藤勲は、いつのまにかプールに降りて、ゴミの中にあった空気《くうき》嫁《よめ》にセーラー服を着せ、その額にマジックで「お妙《たえ》さん」と書こうとしている。

「いや、アンタはせっせと何作ってんだァァ！」土方が怒鳴《どな》りつける。

「あ、すまん、トシ。しかし、これだけの材料を見ていると、創作意欲が刺激されてな」

「アンタの場合、創作意欲じゃなくて、違う欲を刺激されてんだろーが！」

「そうですぜ、委員長」と、そこへ聞こえたのは沖田の声だ。「創作ってのは、もっと純粋な気持ちでやらねーと」

と、言いながら、沖田は、額《ひたい》に「ひじかた」と書かれたマネキン人形を正座させ、その膝《ひざ》の上にコンクリートブロックをいくつも載《の》せようとしている。

「てめーは純粋なSっ気《け》を刺激されてるみてーだな！」

「風紀委員会さんよ」と、そこへ万斉が朗《ほが》らかに声をかける。「監視だけというのもつまらんでござろう。どうかな、拙者たちと一緒にプール掃除を手伝ってみるというのは」

「はあ？　ふざけるな。なんで俺たちがそんなことやんなきゃいけねーんだ」

誘いを一蹴《いっしゅう》した土方だったが、近藤は違った。

「なあ、トシ。それもいいんじゃないか」

「おいおい、アンタまで何言うんだよ」

「考えてもみろ。俺たちがプールサイドで険《けわ》しい顔をしてても、空気が悪くなるだけだろうし、それだったら一緒に掃除してたほうが、現場がいい空気になるだろうし、いい空気嫁も見つかるだろうし」

「いや、空気嫁探す気満々なんじゃねーかアンタ！」

「まあまあ、土方さん」と、沖田も言ってくる。「じっとしてんのも退屈《たいくつ》ですぜ。それに、プール掃除で体動かしたあとのマヨネーズは格別《かくべつ》だと思いますぜ？　どうです、景気づけに、今このマヨネーズ一口吸っときますか？　そこに捨ててあったやつですけど」

「よしっ、プール掃除の前に、馬鹿《フール》掃除だな！」

　と、土方は沖田めがけてドロップキックするが、沖田は涼《すず》しい顔でひらりとかわす。

「だー、もうわーったよ！」土方が頭をかいて言う。「なんか俺一人がゴネてるみてえでヤだからよ、プール掃除、手ぇ貸してやる」

「おっ、ほんとか！　助かるぜ！」と、喜色《きしよく》を浮かべるのは長谷川だ。

「ただし、俺たちが参加する以上、ふざけたマネさせねえからな。真面目《まじめ》にプール掃除するんだぞ」

　土方が釘《くぎ》をさし、プール掃除が再開されることになった。

「先にでかい物をプールサイドに上げちまったほうがいい。そうじゃねえと、おめーら、すぐ変なオブジェ作り始めるからな」

　土方が大きな声でみんなに指示を出す。

　まあ確かに、大きな物から片付けたほうが、作業が捗《はかど》っている感じが出ていいかもしれない。

というわけで、また子は三輪車をプールサイドに上げた。

万斉はパイプ椅子をプールサイドに上げた。

武市は縁《ふち》の欠《か》けた壺《つぼ》をプールサイドに上げた。

似蔵はライン引きをプールサイドに上げた。

高杉はみんなが掃除している様子を写真に撮《と》り、インスタに上げた。

沖田は地球儀をプールサイドに上げた。

近藤は剣道の防具をプールサイドに上げた。

土方は長い鉄パイプをプールサイドに上げた。

また子はパソコンのモニターをプールサイドに上げた。

高杉はみんなが掃除している様子を動画で撮影し、ツイキャスライブに上げた。

万斉は陸上競技のハードルをプールサイドに上げた。

武市は折れた傘《かさ》をプールサイドに上げた。

沖田はポリバケツをプールサイドに上げた。

高杉はコロッケをカラッと揚《あ》げた。そして、そのコロッケの写真をインスタに上げた。

そして、写真の反応が良くて気分がアゲアゲになって、ジャージの裾をさらに巻き上げたところで土方が叫んだ。

「そろそろつっこんでもいいかなァァァァ!?」

「すまん、トシ！　剣道の防具は上げるべきじゃなかったか？」

「いや、アンタじゃねーよ、近藤さん！　おめーだよ、高杉！」

　土方は万事部の部長に指を突きつける。

「インスタだの、ツイキャスだの、おめーだけ上げてるモンがおかしいだろーが！」

「万事部の活動を世に知らしめるための広報活動だ。大目に見ろ」

「広報のためならコロッケ揚げる必要ねーだろ！　てか、気分がアゲアゲになって、ジャージの裾巻き上げるってどういうことだよ！」

　つっこみながらこめかみに血管を浮かべる土方に、

「ふっ、つっこみすぎて、お前の血圧もアゲアゲになっているようだな」と高杉。

「激上がりだよ！　なんなら、おめーの今のコメントでさらに上がったわ！」

「だったら土方さん、これ食ってクールダウンしてくだせェ。枯葉と泥と発泡スチロールに腐《くさ》ったマヨネーズをかけた、特製パフェでさァ」

「それ、特製パフェじゃなくて、ただのくせえパフェだろーが！」

「トシ、まあそうカリカリするな。肩の荷《に》を下ろしてリラックスしろ」と、声をかけてきたのは近藤だが、その背中には空気嫁がくくりつけられている。

「いや、アンタがその荷を下ろせェェ！　なにドサクサで空気嫁パクろうとしてんだ！」

「おいおい、風紀委員」と、そこへ長谷川が割って入る。「お前ら、手伝いに来たのかボケに来たのかどっちなんだよ」

「ボケに来たつもりはねーんだよ！　少なくとも俺は！」土方が叫ぶ。

そこへ、武市が言った。

「ちょっと万事部の皆さん、まずいですよ！　風紀委員会がボケの数で追い上げていますす！　私たちも何かボケを繰《く》り出《だ》さないと！」

「いやそこ張り合う必要ないっスよね!?」と、これはまた子のツッコミだ。

「いや、なんであれ負けるのは気分が悪いでござる」

万斉はそう言うと、落ちていた銀盆《ぎんぼん》を拾い、股間《こかん》に当てた。

「万斉100％！」

「それ人のネタっスよね！　しかもそのままやるなんてヒネリ０％！」

続けて似蔵が言った。

「いやー、この前、あるホテルに泊まったんですけどねェ……」

「いや、ここにきてエピソードトーク!?　短めのボケじゃなくて!?」

「そのホテルの部屋、照明のスイッチが壊れてましてねェ、夜寝ようと思っても……目障りな光が消えねェ」

「お前それ言いたいだけだろ！　そのワード放り込みたいだけだろ！」

「ショートコント『目障りな光が消えねェ』」

「もういいわァ！　この短時間でどんだけそのワード聞かせるんスか！」

そこへ、沖田が言う。

「ショートコント『目障りな土方がマジ目障りブッ殺してェ』」

「ああん!?」

ブチッときた土方も応戦する。

「じゃあこっちもショートコントォォ！　『ドSのガキをギタギタにしてェェ！』」

「だったら私も！」と武市も入ってくる。「ショートカットの中学せ――」

「お前の存在がカットじゃァァ！」

と、また子は武市にコンクリートブロックを投げつける。

5

まあ、そんなこんなありながら――

ボケてばかり、つっこんでばかりじゃゴミが片付かないことは、みんなわかっているわけである。

というわけで、万事部と風紀委員会はしばらくの間、頑張《がんば》ることにした。

手分けして大きなゴミをプールサイドに上げ、あとで運び出しやすいように、出口の近くに固めておく。集めるとそれは、小山ほどのボリュームになった。

時々高杉がインスタ映《ば》えする写真を撮《と》ろうとしたり、沖田が土方をディスったり、近藤が発情したりということもあったが、大きな脱線もなく、彼らは清掃作業に勤《いそ》しんだ。

その甲斐《かい》あって、一時間ほど経《た》った頃には、半分ほどのゴミが片付けられた。

ゴミがなくなったことで、プールの内壁や底の部分の水色の塗装が見えてきたが、やはり長期間、古い水と雑多《ざった》なゴミに触《ふ》れていたせいで、塗装部分はあちこち黒ずんで汚れ、そうでないところはコケのようなものが生《は》えている。

「こいつぁゴミを全部運び出しても、そこからが大変そうですね」

沖田がぼやく。

「そうだな」と近藤は応じたが、すぐに破顔《はがん》して、「だが総悟よ、デッキブラシで底をこするなんてのは、いかにもこれプール掃除って感じで楽しそうじゃねえか」

「呑気《のんき》なこと言ってますがね、委員長、この汚れ、軽くこすったぐらいじゃ落ちやせんぜ。

変な黒ずみ、謎《なぞ》のコケ、あとたぶん、マダオの怨念《おんねん》みてーなのもこびりついてますぜ。マダオの怨念。マダオンネンが」

「マダオンネンってなに!? 俺、プールに怨念なんか垂れ流してねーから！」長谷川が叫ぶ。……そりゃまあ、水泳部に入ったものの、なんとなく女子部員が俺を避《さ》けてるなとか、水泳やってても全然腹筋《ふっきん》割れねーなとか、水泳の大会があっても、クラスの奴は誰も応援に来てくれなかったなとか、塩素くせーなとか、いろいろ腹ん中で考えながら苦労流《クロール》してたけどよ」

「いや、けっこう怨念流れてそうじゃねーか！　アンタそんなネガティブな思考で泳いでたのかよ！」

土方がそうつっこむのを聞きながら、また子は、マダオの怨念か……と思う。

戯言《ざれごと》だとは思いつつも、もし本当にそれがプールに溶《と》け出《だ》していたら、と想像すると、なんだか背筋《せすじ》がぞくりとする。

いやいや、ないない。

また子は笑って、プールの底に何か所かある排水口の一つに目をやる。

たとえマダオンネンがプールの水に溶け出していたとしても、その水はもう排水されているのだ。

また子が気を取り直して掃除を再開しようとした時だった。

足下《あしもと》に微《かす》かな震動を感じた。

最初は気のせいかと思った。が、違う。確かに揺れを感じる。

え、地震？　と、顔を上げると、他の者とも視線が合った。

震動は小刻《こきざ》みに続いている。そして、どこからかゴボゴボというパイプを水が逆流するような音も聞こえてきた。震動も音もだんだん大きくなり、こちらに近づいてきているのがわかる。

「お、おい、いったん上がったほうがよくねーか？」土方が緊迫した声で言った。

全員がすぐにプールの縁《ふち》に手をかけ、そうしている間にも震動と音はますます激しくなっていく。最後の一人——長谷川がプールサイドに上がりきった瞬間だった。

プールの底にあるすべての排水口から、すさまじい勢いで液体が噴き出《ふだ》した。

ドッバッシャ————!!　と高く噴き上がった数本の水柱《みずばしら》は、どれも深緑色《ふかみどりいろ》だった。しかも液体には粘度《ねんど》があり、ビタビタとプールの底に落ちたあと、プールの中央に寄り集まって塊《かたまり》になり始めた。

スライムが出来始めているのだった。

突然の事態に唖然《あぜん》とする一同の前で、深緑色のスライムはみるみる巨体化していく。

「おいおい……」掠《かす》れた声を出したのは長谷川だ。「なん、だよ、こりゃあ……」

「マ……マダオンネンだ……」という声は、また子の口から洩《も》れていた。「本当に……、いたんスよ、マダオンネンが！」

「いや、おめーまで滅多《めった》なこと言うんじゃねーよ！」と長谷川。「そんなもん、コイツらが勝手に――」

だが、また子は言《い》い募《つの》った。

「いたんスよ、現実に！　水に溶けてたんスよ、怨念が！　その怨念が、粗大ゴミのオーラとブレンドされて、マダオンネンになって戻ってきたんスよ！」

「いや、雑すぎない!?　その説明！」

と、長谷川が抗議した時だ。土方がスライムを指さして叫んだ。

「おい、なんか顔っぽいのができるぞ！」

見ると、涙型のスライムの中央の突起部分が膨《ふく》らみ、そこに目と口のようなものが浮かび上がっている。……いや、あれは目と呼べるのだろうか。黒い影というか、空洞《くうどう》というか……闇《やみ》だ。闇が二つ浮かんでいるのだ。まるで、そう――長谷川のサングラスのように！

「グラサン！　てことはやっぱり！」また子が言ったあと、何人かの声がそろった。「あ

れはマダオンネンなんだ!!」

「ほんとかよォォォ!!」長谷川が頭を抱《かか》えて叫んだ。「なんかすいまっせーん!!」

マダオンネンは、体高五メートルを超え、幅と奥行もそれぞれ三メートルほどに成長し、さらには太い両腕まで生やし、単なるスライムから異形度《いぎょう》をアップさせている。その口からは、

「マダオーン……マダオーン……」

吠《ほ》え声《ごえ》なのか呻《うめ》き声《ごえ》なのか、とにかく陰鬱《いんうつ》な声を上げている。

「怨嗟《えんさ》の声でござる……」万斉が言った。「爽《さわ》やかな夏が憎い。弾《はじ》ける若さが妬《ねた》ましい。輝ける青春が恨《うら》めしい。マダオになれ。みんなマダオになれと、あいつは怨嗟の声を上げているのでござる!」

「いや、もののしい解説やめてくんない!?」長谷川が叫ぶ。

「けど、これ、どーすんスか!」また子が焦《あせ》って言うと、

「どーするってお前……」土方はマダオンネンをにらんだ。「ぶっ倒して、また排水口に帰ってもらうしかねーだろうが!」

6

　万事部の五人と風紀委員の三人、それに長谷川を加えた九人が、巨大なマダオンネンに立ち向かっていた。各人がデッキブラシや、廃材から拾った鉄パイプなどの得物《えもの》で、マダオンネンに打ちかかっていく。

　巨大なマダオンネンは、山の如《ごと》く鎮座《ちんざ》したままだから、得物で叩《たた》くことは難しくない。が、相手も打たれるままではなく、時々太い腕を振り下ろしたり、口から濁った水を吐き出して攻撃してくる。悪臭《あくしゅう》を放つその水は、酸のように何かを溶かしたりはしないようだが、よけるにこしたことはない。今のところ、誰もその汚水《おすい》を浴びることなく、ヒット・アンド・アウェイを繰り返していた。こうなってくると、銀魂高校のなかでも戦闘能力の高いメンツがこの場にそろっていたのは不幸中の幸いだったかもしれない。

　とはいえ、武市と、長谷川はバトルに不向きということで、前線からは引いたところにいる。

　いや、もう一人、得物も持たず、戦いから一歩退《しりぞ》いている者がいた。

　高杉だ。

各人がマダオンネンに打ちかかっているなか、高杉はプールサイドをうろついたり、監視用の高い椅子に上がったりして、優雅に振《ふ》る舞《ま》っている。

「こんな時に散歩たァ、ずいぶんと呑気《のんき》だな、てめーんとこの大将は！」

マダオンネンにデッキブラシを振り下ろしながら、土方が言った。

「さ、散歩じゃないっスよ！」また子は敵の吐く汚水をかわしながら言い返す。「晋助様はああやって敵をいろんなところから見て、弱点を探してるんスよ！」

「いや、俺はただ、インスタ映えするポイントを探してるだけだ」

「この状況でインスタかよ！」土方がキレる。「インスタよりモンスター相手にしろや！」

「つーかよ、マジで弱点見つけねーとキツいぞコレ！」近藤が角材でマダオンネンを叩きながら叫ぶ。「どんだけブッ叩いても、あんまり効《き》いてる気がしねえ！」

確かにそうだ。鈍重《どんじゆう》な相手だから、叩くのはたやすい。得物が当たれば、深緑色の飛沫《ひまつ》を飛ばし、多少は怯《ひる》む気配を見せる。が、それだけだ。動きを止めるほどのダメージは与えられていないし、ダメージが蓄積していっているようにも思えない。

このまま続けていても、やがてこっちが疲れてジリ貧になるだけだ……。

「なにか、攻撃方法を変えないと！」

また子が言った時だ。背後から声がした。

「ならば！　拙者のビートを聴くでござる！」

　振り返ると、万斉だ。

「くらえ！」と叫ぶと、万斉はマダオンネンに向かってビート板《ばん》を次々に投げ始めた。

「いや、ビートってビート板っスか！　つーか、ビート板当たってもそんなにダメージないだろ！」

　と、また子がつっこんでいると、マダオンネンの体に弾かれたビート板が万斉に次々と命中した。「ビート万斉ィィィ！」と万斉は吹っ飛ぶ。

「いや、結果自分がダメージ食らってるし！」

「ビートがダメなら、俺の〝ソード〟の出番かねェ……」

　そこへ似蔵が言った
　ソード。まさか、本編での人斬り《ひとき》キャラを小説版でも発揮し、何か剣技でも披露《ひろう》する気か……と、似蔵を見ると、似蔵はおもむろに話し出した。

「こないだお腹《なか》すいてトンカツ屋さんに入ったんですけどねェ……」

「いや、ソードって、エピソードォォ!?　もういいっスから、この期《ご》に及《およ》んでエピソードは！」

「途中でご飯のおかわりしようと店員さん呼んだんですけど、どれだけ店員さん呼んでも

出てきてくれないから……『おかわりのコシヒカリが、食えねェ……』」

「いや、いちいちあのセリフに寄せなくていいんスよ！　イラっとするわァァ！」

「みなさん、どいてください！」

と、そこへ聞こえたのは武市の声だ。

振り返ると、離れたところから武市が叫んでいる。

「直接戦闘はできませんが、私にも後方支援くらいはできます！　くらえ怪物！　目を洗うシャワー全開攻撃ィィィ！」

武市が目を洗うシャワーを全開にし、ほっそい水柱が高々と上がった。

「いや、意味ねェェェ!!」また子は頭を抱える。「武市先輩、届いてないっスから！　そのシャワー全開にしても、真上に飛ぶだけっスから！　てか届いても大したダメージじゃねーし！」

「何を言ってるんですか、また子さん。目を洗うシャワーを強く出しすぎた時の悲劇を知らないんですか！」

「知ってる！　すげー痛い！　けど、あのデカブツに効くわけねーだろーが！」

「そんなことよりまた子さん！」と、武市が声を大きくする。

「な、何スか！」

「見てくださいホラ、小さな虹《にじ》ができましたよ！」

見ると、目を洗うシャワーの水に、七色の小さなアーチがかかっている。

目を吊《つ》り上《あ》げていたまた子も、「ホントだァ♥　小さな虹がかかってるゥ♥」と笑顔になり、「晋助様、虹っスよ虹！」

また子に呼ばれた高杉が、パシャリ、と、スマホでその虹を撮影したところで、土方がつっこんだ。

「もうどっか行けや、万事部！　なに部員総出でボケてんだ！」

しかたねえ！　と、土方が続ける。

「総悟！　こうなったら風紀委員《オレたち》だけでやるしかねぇぞ！」

「へーい」

間《ま》延《の》びした声を返しつつも、沖田は得物の鉄パイプをかまえ直し、腰を落とす。

無言で呼吸を合わせ、土方と沖田はマダオンネンに向かって同時に踏み出した。が、すぐに足がズルリと滑《すべ》った。

「これは……!?」

底がめっちゃヌルヌルするのだ！

マダオンネンの吐く汚水と、マダオンネンの体そのものから生じる飛沫《ひまつ》のせいだ。

得物を振るうのに、足の踏ん張りがきかないのではどうしようもない。

「こんだけ底がヌルヌルになっちまったら、棒切れ振り回すわけにもいきやせんぜ」

沖田が言った。

「そうだな」舌打ちしながら、土方はあとずさる。

だがそこへ、近藤の勇ましい声が響《ひび》いた。

「トシ！　総悟！　あきらめるのはまだ早いぞ！」

「近藤さん!?」

見ると近藤は、両足にビート板をくくりつけ、背中には、ゴミから拾ってきた大きなパラソルをくくりつけている。

「どうだ？　背中のパラソルで敵の吐く汚水を防ぎ、両足のビート板でスイスイと移動する！　このスタイルならプールの中でも十分に戦えるってもんだ！」

「近藤さん……」

「委員長……」

「ふっ、どうだ？　今の俺に死角はない！」

いや、死角はないっつーか、委員長の資格をはく奪《だつ》してーけど……と、土方は言いかけたが、それは言わずにおいた。戦おうとするその姿勢自体は見習わないといけない。

「俺が先陣を切って奴にダメージを与える！　トシ、総悟！　お前たちは俺のあとに続くんだ！」

近藤はそう言うと、目を見開き、得物の角材をかまえた。

「俺と共に生き！　俺と共に死ね！　風紀委員会よ！」

そして第一歩を踏み出した瞬間——近藤はヌルヌルの床に滑って転び、後頭部を強打。

そこへマダオンネンが大量の汚水をブッシャアアアと吐きかけた。

「いや、一人で生きて、一人で瞬殺されてるゥゥゥ！」

土方は天を仰《あお》いだ。

「近藤さん！」と、沖田が叫ぶ。「安らかにお眠りくだせェ！　すぐに土方さんも逝《い》きますから！」

「逝かすなァ！　つーか、近藤さんも死んだわけじゃねーだろ！」

土方が怒鳴った時だ。大量の汚水にまみれた近藤が、ゆらりと体を起こした。

「よかった、近藤さん！」

と、安堵《あんど》の声を上げた土方だったが、すぐにその表情が曇《くも》る。「近藤さん……？」

立ち上がった近藤の両目がおかしい。目の周《まわ》りが、いや、目そのものが黒に——闇に変わっていたのだ！

闇をサングラスのようにかけた近藤の口から、陰々《いんいん》とした声が流れ出す。

「爽《さわ》やかな、夏なんか、いらねえ……。図書室の、カップル、ゴー・トゥー・ヘル……」

「マ――」と、一同が叫んだ。「マダオ化してるゥゥゥ！」

パラソルを背負《せお》い、ビート板をはいた近藤は、ゾンビのようにふらふらとプールの底をさまよいながら、呪詛《じゅそ》の声を洩《も》らし続けている。

「浴衣《ゆかた》姿の君なんか、見たことねえ……。そもそも、夏祭りに、誘われねえ……。休みの予定は、バイトのみ……」

「おいおい、あの水浴びるとマダオになっちまうのかよ……」土方が蒼《あお》ざめる。

「いやいや、まだそうと決まったわけじゃありやせんぜ」沖田が言う。「まだ近藤さんしかサンプルがないんです。だから確認のために土方さんもあの水を浴びてきてくだせェ」

「ふざけんな！　だったらテメーが浴びてこいや！」

土方さんが先に、いやお前が先だ、と言い合う二人に、

「おいおい、モメてる場合じゃねーって！　アレ倒さねーと！」

長谷川が泣きつくが、その長谷川に、また子が噛みつく。

「てゆーか、アンタこそ、アレの弱点に心あたりないんスか!?　アレはアンタの化身《けしん》なんスよ！」

「いや、俺の化身て言い方やめてくれよ！　すげー罪悪感だわ！」

長谷川が言い返した時だ。

マダオンネンの体に変化が起きた。

「マダオオーン、マダオオーン、マ、ダ、オオーン!!」

ひときわ大きな声で吠えたあと、涙型の胴体がぶるぶると震え、やがてその胴体がゆっくりと持ち上がり始めたのだ。持ち上げているのは——二本の脚《あし》だ。そう、腕に続き、今度は脚を生やし始めたのである。

「脚って、まさかコイツ……」また子が呻くように呟く。「ここから移動する気っスか？」

「拙者たちだけじゃ飽《あ》き足《た》りない……そういうことでござろう」万斉が言った。「ここよりも校舎に行ったほうが人は多い。より多くの人間をマダオ化させるために、コイツは猟場《りょうば》を変える気なんだ……！」

「……！」

また子は右手——金網《かなあみ》のフェンスの向こう、校舎のほうへ目をやった。今は放課後だが、校舎にもグラウンドにもまだ大勢の生徒や職員が残っているはずだ。

マダオンネンに目を戻すと、脚を生やしたマダオンネンも校舎のほうへ顔を向けていた。脚の長さのぶんだけ顔の位置も高くなっている。体高は、七メートルほどになっているだ

ろうか。

行かせてはいけない、とは思うが、止める方法も倒す方法もわからない。

「こんなの……こんなの、ウチらだけじゃ無理っスよ……」

思わず弱気な声を洩らしたあと、また子はハッとする。

「そ、そうっスよ！　応援呼びましょうよ！　３Ｚ《ずぃー》の教室に誰か残ってたら、加勢《かせい》してもらって——」

「また子」

という冷《ひ》ややかな声は背後から——高杉だった。

「晋助様……」

「それ以上つまんねーこと言って俺を幻滅《げんめつ》させせんなよ」高杉は、また子に厳しい視線を向けて続けた。「勝手に押しかけてきた風紀委員《こいつら》はしかたねえとしても、助っ人屋がよその助っ人をアテにすんのはナシだろう。このプール掃除は——万事部でケリをつける」

部長の叱責《しっせき》で、また子はしゅんとなる。

「だが晋助、実際にコイツをどうやって始末する？」

万斉がそう聞いた時、マダオンネンが、ベチャリと音を立て一歩前に踏み出した。いよいよここを出て、校舎を目指《めざ》す気なのだ。

「俺に一つ、考えがある」高杉が言った。「あいつの胴体や脚をいくら叩いても同じだ。攻撃するなら別の場所だ」

「もったいつけんな」土方が言う。「あいつのどこを攻撃するんだ」

「目。つーか、闇だ」高杉は言って、マダオンネンの顔を指さした。

「闇……？」

高杉が続ける。「あいつがマダオの化身なら、あいつの本体、つーか〝核〟みてえなもんは、たぶんあの闇の部分だ。だから攻撃するなら、あそこしかねえ」

「闇が、本体……」また子は小さく呟いた。

武市も頷く。「なるほど。長谷川泰三の本体はグラサン。ということは、マダオンネンの本体はあの闇。闇を叩けばダメージを与えられるということですか」

「へえ、闇が本体たァ、負け犬の化身にはピッタリのオチだ」と沖田。

「いや、おめーらの無遠慮《ぶえんりょ》な会話が、すでにけっこうなダメージになってるけどな、俺にとって」

長谷川が呟くが、相手にはされなかった。

「けどよ、闇を攻撃するったって、どうやって？　叩くにも、実体がねえんだぞ」土方が口早に言った。

「あの闇に、何かデケーもんでも放り込むってのはどうだ？　幸い放り込むモンは山ほどある」高杉が言って、薄く笑った。

あの闇に、何かを放り込む。でも――

「でも、晋助様、あの高さですよ」

そう、脚が生えたぶん、マダオンネンの顔の位置は校舎の二階よりも、さらに高い位置にある。

だが高杉は答えず、出口近くに固めてある、粗大ゴミの山に向かった。

その山の傍《かたわ》らに、陽光《ようこう》を受けて輝く物体がある。

また子はハッとした。

「晋助様、それ、使うんスか？」

「ふっ、まさかコイツの出番があるとはな」

高杉が言って、手を伸ばしたものは――ペガサスの青銅聖衣《ブロンズクロス》だった。

「え、聖衣《クロス》!?　聖衣着るの!?」土方が驚愕《きょうがく》の声を上げる。

また子は息を吸い込んだ。この非常時にもかかわらず気持ちが高揚《こうよう》するのを覚える。

高杉晋助が、ペガサスの最終青銅聖衣《ブロンズクロス》をまとって飛翔《ひしょう》する！　その神々《こうごう》しい姿を想像しただけで頭がクラクラしたのだ。

その時、また子たちの頭上にマダオンネンの影が差しかかった。

高杉はマダオンネンに鋭い視線を送ると、聖衣を摑《つか》んだ。そして、ゴミの山を一気に駆《か》け上《あ》がると、

「うおおお――!!」

咆哮《ほうこう》を上げた。

そして、ペガサスの聖衣をまとい天高く飛翔――は、せずに、マダオンネンの顔めがけてその聖衣をぶん投げた。

一同の目が点になる。

そ――

「それ投げるんかいィィィィ!!」

高杉を除く全員のツッコミがプールに響き渡った。

だが、聖衣は見事にマダオンネンの闇の部分に吸い込まれていった。

「マダオー……――」

怨嗟の声を上げていたマダオンネンが、その瞬間、ぴたりと動きを止めた。

おおっ、という声が一同からあがる。

頼む。また子は祈った。効いてくれ！　倒れてくれ！　これでダメなら、もう……。

「オ、オ……マ、ダ……オオ……」

マダオンネンの洩らす声が、明らかに苦痛の呻きに変わっている。

いいぞ、効いてる……。

と、次の瞬間だった。

巨大な砂像《さぞう》が一瞬で砂の山に帰すように、四肢《しし》の生えた巨大なスライムが、ドッバアアン！　と、大量の粘液《ねんえき》に戻ったのだ。

「おぼろえっぷ！」と、粘液をモロに浴びた近藤がプールの中でひっくり返る。

マダオンネンだった深緑色の粘液は、束の間《つかのま》プールの底に広がったが、やがて排水口にズゴゴゴと吸い込まれていき、見えなくなった。

粘液がすべて流れ去り、あとに残ったのは、呆然《ぼうぜん》と座り込む近藤の姿だった。その両目はもう闇ではなくなっている。目をパチクリさせるゴリラを見て、

「か……」また子は思わずしゃがみこんだ。「勝った……」

7

それから二時間後、プール掃除は完了した。

すべてのゴミが運び去られ、底と内壁もブラシで磨《みが》かれた。

きれいな水色の塗装を蘇らせたプールに、きれいな水がドドドッと給水されていく。排水と同じで、こちらも数時間かかるらしい。

プールサイドに立ち、また子たちはしばらくその給水の様子を眺めた。

給水口から流れ出る透明な水は、汚水と格闘《かくとう》した疲労を洗い流してくれるようで、いつまでも見ていたかったが、最初に高杉がプールサイドを離れた。

すぐに万斉やまた子たちも、あとに続く。

「あっ、おめーら、ありがとな！　助かったぜ！」

長谷川の声が追ってきたが、高杉は振り返ることもなくプールの鉄扉をくぐった。

万事部の部室に向かいながら、また子は自分の少し先を歩く高杉の横顔をちらりと見る。

依頼が来ないなら楽ができる。依頼が来てもふざけてウヤムヤにすればいい――

万事部を立ち上げた高杉に、そんな真意があったのかなかったのか、今もその横顔からはわからない。わからないが、また子は高杉にこう言いたかった。

晋助様、万事部って、疲れますね。

でも――けっこう楽しいかもっスね♥

＊

翌日、高杉晋助のインスタのアカウントに写真がアップされた。

マダオンネンのアップの写真と、ビート板を足にくくりつけ、パラソルを背負った近藤が仁王立《におうだ》ちになっている写真である。
#プールにゴミを捨てると、怪獣が出るぞ
#怪獣マダオンネンはマダオの化身
#怪獣ゴミラはゴミとゴリラの融合体《ゆうごうたい》
写真を見た近藤が言った。「けっこうインスタ映えするな、俺」ムフフと笑う。
「いや、怒れよ」土方が呆《あき》れた。

第二講

すんげー文芸！　レッツゴー文豪！

1

万事部《よろずぶ》の部室の前に、一人の男子生徒の姿があった。

扉をノックしようと手を上げ、しかし、下ろす。というのを何度も繰《く》り返《かえ》しているこの生徒は——山崎退《やまざきさがる》であった。

プール掃除の一件から、三日後である。

風紀委員会の一人ではあるが、山崎は今日《きょう》は、文芸部の部長として来ているのだった。

文芸部——小説や詩や戯曲《ぎきょく》や童話などを好む人間が集まるクラブ。読むのも好き、そして自分で創作するのも好き、という人たちである。

そういうクラブに山崎が？　と意外に思われる向きもあるかもしれないが、本編『銀《ぎん》魂《たま》』では、監察《かんさつ》の仕事の一環《いっかん》として報告書を書く機会も多く、また『銀八先生《ぎんぱち》』の世界でも、とあるトラブルから、読書感想文を一本捏造《ねつぞう》するということをやってのけた男である。

つまり、山崎と文章は意外と近いところにあるのだ。ちなみに、この読書感想文にまつわるトラブルについては、『銀八先生』の第三巻に詳《くわ》しいので、是非《ぜひ》チェケラしていただきたい、と既刊《きかん》本の宣伝をしつつ……。

ともあれ、報告書とかそういう型式に則《のっと》った文章じゃなく、自由に文章を書いてみたいなあ、と漠然《ばくぜん》と思ったのが、山崎が文芸部に入ったきっかけだった。

そんなふんわりとした動機で入部したにもかかわらず、山崎が今、部長にまでなってしまっているのは、彼が持つ生来《せいらい》のヒキの悪さ、不運体質、みたいなもののせいかもしれない。部長は山崎くんでよくない？　さんせーい。みたいな感じで、特に選挙やクジが実施されることもなく、山崎は部長の任《にん》につくことになったのである。

部長にさせられた、そのこと自体は別にかまわない。が、彼が部長をやっている今、文芸部で一つ問題が持ち上がったのだ。彼一人ではどうにもならない大きな問題が。

だから、山崎はここ――万事部に来ているのだった。

高杉《たかすぎ》一派が始めたという人助けをするクラブ。

先日、風紀委員会のトップスリー、近藤《こんどう》、土方《ひじかた》、沖田《おきた》が、万事部の活動を監視するために出向いたが、どういうわけか一緒にプール掃除《そうじ》をして帰ってきた。高杉たちの様子《ようす》を聞くと、

「まあ、真面目《まじめ》にやってるとは言いがたいが、不真面目とも言えねえな」

と、土方はどっちつかずのことを言った。

どっちなんだ万事部！　アンタたちに頼むのは、吉《きち》なのか、凶なのか――

だが、今抱《かか》えている問題を相談するとしたら、万事部ぐらいしか思いつかなかった。ただ、やはり怖《こわ》いのだった。人助けの看板を掲《かか》げていても、高杉一派がヤンキーであることに変わりはなく、なんだったら山崎は過去に一度、高杉たちのグループに調査の目的で潜入もしているのだ。「僕をヤンキーにしてもらえませんか」などと言って。でもって、その時にエライ目に遭《あ》った記憶は、いまだに山崎の脳裏《のうり》に刻《きざ》まれているのだ。ああ、ちなみに、この時の顚末《てんまつ》は、『銀八先生リターンズ』に詳しいので、そちらをチェケラしていただきたい、と、再《ふたた》び既刊本の宣伝もしつつ……。

ええい、ままよ、と、山崎は腹をくくったのだった。

頼もう。頼むしかない。高杉とて人だ。なにも山崎をとって食うこともないだろう。そもそも同じ3年Z《ずぃー》組のクラスメイトなのだ。高杉はクラスメイトには優しいというデータなどないが、そこはそうであってほしい。「僕をヤンキーにしてもらえませんか」の一件の時などは、近い距離でかなりの時間を過ごしたのだ。そこら辺の思い出ポイントも加《か》味《み》して、できればソフトに応対していただきたい！

というわけで、山崎は意を決し、拳《こぶし》を固めて引き戸をノックした……ら、その瞬間、引き戸が開けられ、向こう側に立っていた人物のおでこに拳をゴツッと叩《たた》きつけてしまった。

時が止まった。

山崎が殴《なぐ》ってしまった相手は――高杉晋助《しんすけ》だった。

その刹那《せつな》、山崎は死んだ。恐怖で仮死状態になった。

す――

「すいまっせんしたァァァァ!!」

山崎は一瞬で土下座《どげざ》し、自分の額《ひたい》を地面にめりこませた。プスプスと煙を立てる顔を上げると、高杉の向こうに、河上万斉《かわかみばんさい》や来島《きじま》また子《こ》ら、一派全員の顔が見えた。

「やっ、やっ……やっ、山崎退です！　たったた、大変失礼しました！　よっ……よっ、万事部さんに、お願いがあってまいりましたァァァ!!」

山崎が絶叫すると、高杉が言った。

「山崎退……」

そのあとで、万事部の声がそろった。

「誰だっけ？」

し――

知られてなかったァァァァ!!　地味《じみ》キャラ炸裂《さくれつ》ゥゥ!!

2

「ブシ？」と、来島また子が声を高くした。「ブシって、チョンマゲで刀持った？」

「あ、その武士じゃなく、部誌です」と、山崎は訂正《ていせい》した。「文芸部の作る、ま、同人誌っていうんですかね、その部誌です」

万事部の部室で、山崎は依頼内容を説明しているのだった。

奥のソファに座す高杉は、さっき山崎にゲンコツを食らったことに関しては不問に付すようで、特にキレた様子《ようす》もなく、こちらを見ている。その沈黙もまた薄気味悪いのだが。

「その部誌を出すにあたって、私たちの協力を仰《あお》ぎたいと？」武市《たけち》が言う。

「はい、そうなんです」山崎は頷《うなず》き、経緯《いきさつ》を話しだした。

文芸部は一年に二回、部誌を発行している。部員の書いた小説や詩、戯曲などを載《の》せた同人誌である。文芸部の、それが活動のメインと言ってもいい。

その部誌を出す時期が迫《せま》っているのだが、困ったことに部員たちからの原稿が集まらない――というよりも、文芸部から部員がいなくなってしまったのだ。

何かきっかけがあったというわけではない。もともと活発なクラブではなかったし、部員の人数も少なかった。その少ない部員が、「忙しい」とか「飽《あ》きた」とか「家で糠床《ぬかどこ》まぜなきゃなんない」とかの理由で、退部したり幽霊部員化してしまったのだ。で、今、実質部員として残っているのは、山崎一人だけなのだった。

「アンタ一人っスか」また子が呆《あき》れた。

「はい。恥ずかしながら」

だがまあ、それはいいのだ。飽きたものを続ける必要はない。なにも俺が部長の時に辞《や》めなくても、とは思うが、それもしかたがない。

問題は、部員がいなければ原稿は出来ず、必然的に部誌が出せないということだった。

山崎は言った。

「で、まずいことに、部誌が出ないと、うちは廃部になっちゃうんですよ……」

「廃部？」万斉が反応した。「それはまた、やけに厳《きび》しい措置でござるな」

「いや、というのもですね」と、山崎は説明を加える。

過去にも数度、文芸部は部誌を出せなかったことがあるらしいのだ。そういうことが度《たび》重《かさ》なり、「今度出せなかったら廃部ね」というところまで、実は来ていたのである。

「俺としても廃部は避けたい。だから、次出ないのはまずいんです。まずいんですけど、部員がいなくて原稿が集まらなくてですね。俺の原稿はもちろんあるんですけど、当然そ

れだけじゃ足《た》りないわけで、つまりまあ皆さんにお願いしたいというのは……」

「俺たちに原稿を書け、と？」

奥のソファに座していた高杉が、あとを引き取った。

「そ、そうなんです」

やってくれるだろうか、と山崎は高杉の顔色をうかがう。本編でさんざん「ぶっ壊《こわ》す」と言っている男に、何かを創《つく》れという依頼。だが、

「いいだろう」

と、高杉は意外にも即答した。

——お、マジか！　意外とあっさりＯＫしてくれるじゃん！

高杉が続ける。

「まあ、こないだはプール掃除で体使ったからな。次の依頼が頭脳労働ってのもバランスがとれてていい」

「確かにそうっスね！」また子が声を弾《はず》ませ、

「まあ、反省文よりは書いてて楽しいだろうねェ」似蔵《にぞう》も言う。

——なんだアンタら、実は楽しみなんじゃないの？　部誌作るの。

内心でにやつきながら、山崎は言った。

「えーと、じゃあ、その原稿なんですが、ジャンルは自由です。小説でも、戯曲でも、詩でも、イラストでも、皆さんのお好きなように。で、締《し》め切《き》りなんですが――」そこで一度言葉を切り、おずおずと続ける。「その……まことに恐縮なんですが、発行日が迫ってまして、三日後、ではどうでしょうか？」

　急なのはわかっている。が、万事部に依頼するかどうかをウジウジと迷っているうちに日が経《た》ってしまい、大幅に製作日数が削《けず》られてしまったのだ。

　三日後の午後六時までに、原稿を印刷屋さんに入れなければ、部誌の発行はアウトになってしまう。山崎がそれを言うと、

「三日か。……ま、正直もっとほしいところだが仕方ねえ」高杉は頷くと、万事部の部員たちに続けた。「お前たち、三日じゃ厳しいと思うが、なんとか原稿ひねり出してくれ。いいか？　これが俺たちの……部誌道だ」

　――いや、ダジャレかよ！

　反射的に山崎はサイレントでつっこんだ。

3

さて、その三日後というのが来た。

万事部の部室で、各人が持ち寄った原稿をみんなでチェックする、言ってみれば編集会議のような時間が始まろうとしていた。

部室には、原稿を広げるための長机が持ち込まれ、山崎と万事部の五人が顔をそろえている。各人の手元には、提出された原稿のコピーも用意されていた。

「原稿でダメなところがあったら遠慮なく言ってくれ」

高杉は山崎にそう言ったが、

——いや、遠慮はするだろ……。

と、山崎は内心で返す。

札付《ふだつ》きのヤンキーたちにガンガンダメ出しできるほどの度胸《どきょう》はない。だが、原稿すべてを手放しで褒《ほ》めるわけにもいかないだろう。その辺《あた》りのさじ加減《かげん》が難しい。

「ま、まあ、気になったことがあれば言わせてもらいます……」

という山崎の返答に頷き、高杉は言った。

「じゃあ、まずは俺の原稿から見てもらおうか。俺は詩を書いてきた」

——ほほう、ポエムね。どれどれ……。

と、山崎は手元の原稿に目を落とした。

『雨』　高杉晋助

今にも　喋《しゃべ》りだしそうな　男が見えた
どうやら　あれは芸能人らしい
おぼろげな記憶をさぐる
あれは　ファッションに詳しい兄のほうか
それとも　映画に詳しい弟のほうか
どちらでもある気がするし
どちらでもない気がする

一つだけ　確かに言えるのは　もう
踏《ふ》んづけてやる！

――うん、確かにあの双子、どっちが兄でどっちが弟だか……って、どーでもいいわ！

このポエムを踏んづけてやりたいわ！

――あと、タイトルと中身全然関係ねーし！

と、山崎が早速《さっそく》サイレントツッコミしている横で、また子が言う。

「素敵《すてき》っス！　晋助様の詩、素敵っス！」

――いや、やめろやめろ、そういうべんちゃらは。

――あと、『晋助様の詩、素敵っス』って、なんか早口言葉みてーになってるから。

するとそこへ万斉が、

「ほう、晋助も詩か。実は拙者《せっしゃ》も詩を書いてきたでござる」

と言うので、山崎は手元の原稿に目を落とした。

『そして僕は立ち尽《つ》くす』　河上万斉

C どこまでだったろう　G どんな終わり方　D だったろう
F 箱の裏の　Am あらすじを読んでも　C ピンとこない　G 間が空《あ》きすぎたせいだ
F シーズン6までは　C 確かに観た　G でも7の何話目で　C やめたっけ
D わからない　Dm 海外の連続ドラマ　C そして僕は　G TSUTAYAで　C 立ち尽くす

——いやコレ、ただのレンタルＤＶＤあるあるじゃねーか！
——あと、ＦとかＧとかコード書いてる時点で、詩っつーより、歌詞じゃん。
と、思いながら、次の原稿をめくると、２番の歌詞もあった。

C《どこまでだったろう》　G《どんな終わり方》　D《だったろう》

あれコイツは
F
驚いて損したわ
G

死んだと思ってたが
Am

生きてたんか
C

——いや、コードと歌詞の大きさ逆ゥゥ！

——コレ、もはやコードがメインになっててんじゃねーか！

「どうでござるかな、拙者の詩は」

——いや、よく聞けたな！　こんなフザケたモン出しといて。

とは思ったが、もちろんそのまま口にはできない。

「や、まー、コードはいらないんじゃないかと……はは……」

山崎がやんわり言うと、万斉はあっさり、

「わかった。じゃあコードは取るでござる」

——いや、取るのかよ！　こだわりねーなら最初からつけんなよ！

山崎がつっこんでいると、そこへ今度は、岡田《おかだ》似蔵が口を開いた。

「俺は短篇《たんぺん》小説を書いたんだがねェ」

「あ、いいじゃないですか、小説」

「ただ、俺自身を登場人物にしてるんだが……」

「いや、いいと思いますよ、そういうのも」

山崎は言って、どれどれと似蔵の原稿に目を落とした。

まずタイトルは……。

『かさにぞう』　岡田似蔵

——いや、もうつっこみたいわ！

——明らかに『かさじぞう』が元ネタじゃねーか！

だがまあ、一応は読んでから評価することにした。


むかしむかし、あるところに、似蔵という名前の、心の優しいおじいさんがいました。

似蔵さんは、雪の降る大晦日《おおみそか》、かさを売りに出かけました。

すると、途中で、似蔵さんに顔がそっくりなお地《じ》蔵《ぞう》さん、その名も「おにぞうさん」が六体立っていました。

おにぞうさんの頭には雪が積もり、とても寒そうです。

似蔵さんは、おにぞうさんがかわいそうになり、おにぞうさんの頭に、かさをのせてあげました。

おにぞうさんは六体で、売り物のかさは五枚です。だから、かさが一枚足りません。

ちなみに、この、かさが行き渡らなかったおにぞうさんは、おにぞうさんAです。

似蔵さんは、自分のかさをとって、おにぞうさんAにかぶせてあげようとしました。でも、おにぞうさんBが、「それなら私のかさを、おにぞうさんAにあげてください」と言いました。

すると、おにぞうさんCも言いました。「いや、それなら私のかさを、おにぞうさんAにあげてください」

おにぞうさんDは眠っている。

おにぞうさんEは驚きとまどっている。

おにぞうさんFは仲間を呼んだ。おにぞうさんGが現れた。

似蔵さんは、おにぞうさんEに攻撃した。ミス！

——いや、もういいわ！　読んでられねーわ！

——なんで後半ドラクエみてえになってんだよ！　おにぞうさんがマドハンドみてえに

なってんじゃねーか！

「どうだい、俺の作品は」と似蔵。

――だからよく聞けるな、お前ら！　ピュアか！

山崎が言葉を継《つ》げずにいると、武市変平太《へんぺいた》が言った。

「似蔵さん、これはあんまりですよ」

――お、いいぞ、俺の代わりにガツンと言ってくれ。

「昔話にアルファベットはそぐわないでしょう」

――いや、そこかよ！　もっとあるだろ、つっこむところ！

「というわけで、私も小説を書いてきました」

武市がそう言うので、山崎はギクリとした。

――え、コイツの小説って、ほぼ百パー……。

「ご心配には及びませんよ、文芸部さん」と、そこへ武市が言い足す。「私も自分のキャラクターは理解しているつもりです。だから、あらかじめチェックが入りそうな箇所《かしょ》は消しておきましたから」

「ああ、それなら……」

と、山崎は武市の書いた小説を読み始めた。

僕は地下鉄の駅を降りると、前を歩く[redacted]。[redacted]のだが、[redacted]、しかし、[redacted]。[redacted]。まさか[redacted]か[redacted]、[redacted]。

「[redacted]！」

「[redacted]？　[redacted]っていうの？」

[redacted]。

——いや、ほぼ真っ黒じゃねーか！

——インクこぼしてるみてーになってるけど!?

さすがにこれはと思い、山崎は言った。

「あのー、これだけ真《ま》っ黒《くろ》だと、ちょっと読者も内容がわかりづらいような気が……」

「確かにそうですね」武市はあっさり認めると、「しかし、次のページからは黒い部分は減《へ》っていますから」

「あ、そうなんですね」

と、山崎は原稿を一枚めくった。


僕■■■■■■だが■■■■■自然消滅は■■■■■■んでもない■解が生まれてしまうが■こだわり■何もないという■らある程■妥協する■が常識的な考え■と指摘したのだが■彼女はま■たく耳を貸さない■かりか■あろうこ■か僕を厳し■非難し■さらなる仕打■を加えた■その仕打ちに対して■が怒■をあらわ■にした時■彼女は上から■線で僕に■■■■■■して■■■■■僕が大事に■ていた限■版のフ■ギュアを破壊■たのだ。


——いや、違う意味で黒い部分出ちゃってるゥゥゥ！

——黒の面積減ったけど、ロリコンの四文字がくっきり浮かんでるゥゥゥ！

山崎が内心でシャウトしていると、

「何考えてんスか、武市変態」また子がにらむ。「こんな原稿載せられるわけないっしょ」

「変態じゃありません。フェミニストです。そういうあなたは何を書いてきたんですか」

武市にそう言われ、また子は少し恥じらう様子を見せた。

「私？　私は、まあ、原稿というより……グラビア？」

「グラビア？」

と、反応する山崎に、また子は続けた。

「あんまり文章とか得意じゃないんで、私はグラビアにさせてもらったんスけど、いいスか？」

問われて、山崎はしばし考える。

部誌に載せるのは、文章だけではなくイラストや漫画などでもＯＫということにはしてある。が、グラビアは予想外だった。

——つーか、自分のグラビアを載せたいって、この女、けっこう自信あんだな、自分のルックスに。

まあ、一般的には美人の部類だろう。実写版では菜々緒《ななお》が演じているくらいなのだ。その来島また子のグラビア。文芸部の部誌にふさわしいかどうかは別として、需要はあるかもしれない。

「ちなみに、ヌードグラビアっス」

と、また子が続けるので、純情で奥手の山崎はドッキーンとしてしまう。

——え、え？

——ヌヌ、ヌード？

——高校の文芸部の部誌で、ヌードォォ？

いやいや、それはいくらなんでも過激すぎだろう、とは思いつつ、でもやっぱり見たいから、手元の原稿の束《たば》をめくると、一枚の写真が出てきた。

ベビーベッドに寝かされた赤ちゃんの写真である。おくるみは着けておらず、おむつをしているだけだ。

「初公開のヌードッス！」

と、恥じらうまた子を見て、山崎の昂《たか》ぶりは一気に冷《ひ》えていく。

——あー、はいはい、このパターンね……。

——テレビとかＳＮＳでたまにいるんだよな、タレントが、「私のヌード写真です！」なんつって、自分の赤ちゃんの頃の写真見せるってやつ。

——つっまんねー！　もうやめない？　そういうの。

と、内心ではブックサ言いながらも、

「やー、はは、貴重なショットですねー、また子さんのヌードっすか、はは……」

山崎が苦笑《にがわら》いを浮かべると、

「あ、コレ、似蔵の赤ちゃんの頃ッスよ」

——いや、似蔵かよ！

山崎は机を叩きそうになる。

——似蔵はさっきの『かさにぞう』でお腹《なか》いっぱいなんだよ！

そこへ、似蔵が言った。

「目障《めざわ》りな光が消えないでちゅ」

——言わねーだろ、赤ちゃんがそんなこと！

ああ、もう、と山崎は頭を抱《かか》えてうつむいた。予想はしていたが、やはりマトモな原稿は一つとしてなかった。

「不満か？」と、高杉が聞く。「俺たちの原稿」

「あ、いや……」山崎は返答に詰まる。たとえそうでも、はっきりそうですとは言えない。

そこへ、

「てか、うちらの原稿にどーこー言う前に、アンタの原稿はどうなんスか？」

と、また子が言ってきた。

「え、俺のですか？　俺は、まあ、短篇小説を書いてるんですけど……」

山崎が言うと、万事部たちが原稿に手を伸ばした。

*

「……ま、普通の短篇小説っスね」

山崎の原稿を置いて、また子が言った。「そうだな」「そうでござるな」「同じく」などと、他の部員たちも口々に言う。

――いや、内容に触れてもらってませんけどォォォ!?

――なんか、「*」挟《はさ》んで、内容スキップされてますけど、俺の原稿！

もうちょい中身に関すること言ってくれよ、と、よっぽど抗議しようかと思ったが、どうせ「地味《じみ》」だの「空気」だの「モブ」だの言われるのがオチだ。

――この際、俺の原稿への感想はどうでもいい。問題なのは……。

「ま、まあ、俺や皆さんの原稿の内容もさることながら、やっぱり、その、原稿がこれだけじゃ、部誌を作るのに量が足りないんですよね……」

「心配すんな」高杉が言う。「どのみち俺たちだけじゃ原稿が足りねえと思ってな、いろんな奴《やつ》に原稿を依頼しておいた」

「いろんな奴って……万事部さん以外の人にもってことですか？」

「ああ。助《すけ》っ人《と》が助っ人を頼んじゃいけねえって法はねえ。万事部《うち》だけで手が足りねえなら、よそから助っ人を呼べばいいと思ってな」

「さっすが晋助様！　プール掃除の時と言ってること真逆っスけど、そんな真逆な晋助様も素敵っス！」

また子がそんなことを言ったが、プール掃除に立ち会っていない山崎にはピンとこない。

が、ともあれ高杉は続けた。

「……そろそろ執筆依頼を出しておいた書き手が原稿を届けに来る頃だ」

ガラリと部室の引き戸が開けられたのは、ちょうどその時だった。

4

「お待たせしました。エリートがエリートにしか書けない小説を持ってきましたよ」

そう言って原稿の束を差し出すのは、佐々木異三郎《ささきいさぶろう》だった。彼も3Z《ずいー》の生徒である。

自分でエリートと言ってはばからないところは、本編同様鼻持ちならない男だ。が、山崎はひとまず原稿を受け取った。

そのエリートの小説とやらに目を通してみる。

最初はひどく大きな物であった。それが、技術の革新に伴《ともな》いどんどん小型化し、掌《てのひら》におさまる程度になった。また、機能面でも進歩は著《いちじる》しかった。最初は通話だけであったものが、そのうちメールの送受信も可能となり、やがてはネットのコンテンツを楽しめるまでになった。二つ折り、スライド式、いろいろなタイプが登場し、豊富なカラーバリエーションで……


「えーと、これは……」

山崎が戸《と》惑《まど》いながら顔を上げると、佐々木が言った。

「ケータイ小説です」

「いや、確かにそうだけど！」山崎は久々に声に出してつっこんだ。「ケータイ小説ってこういうのじゃないでしょ！」

「最後まで読んで判断していただきたいですね」佐々木は冷静な声で言った。「携帯電話の歴史を語っているその主人公の男が、物語の後半で重い病《やまい》にかかって、女子高生の恋人が泣きます」

「いや、急にケータイ小説っぽいけど！　つーか、ここからどうやったらそんな展開にな

るんだよ！」

「ケータイの電波が入るところを探していた主人公が、薄着《うすぎ》で外をウロウロしているうちに風邪《かぜ》をひいて、その風邪をこじらせて入院します」

「バカなの!?　その主人公。女子高生も彼氏のバカさ加減に泣いてんじゃないの!?」

とまあ、つっこみはしたけれど、原稿は原稿だ。一応は受け取ることにした。

で、佐々木が去り、次に現れたのは、今井信女《いまいのぶめ》だった。

だが、信女は原稿を持っていなかった。

「悪いけど、書けなかった」と信女は言った。「そのお詫《わ》びに来たの」

「や、まあ、三日しかなかったですし……」

山崎が言うと、信女は続けた。

「ドーナツを食べてたら、なんか原稿書く気になれなくて、でも、ドーナツだけに、誌面に穴を開けてごめんなさい」

「いや、うまいけど！　つーか、それ言いにわざわざ来たのかよ！」

山崎がつっこんでいると、次に来た女子生徒——さっちゃんも開口《かいこう》一番謝《あやま》ってきた。

「ごめんなさい！　私も原稿書けなかったの！」

「ああ、そう……」

「銀八《ぎんぱち》先生への愛をつづったポエムを書こうとしたんだけど、全然うまく書けなくて……。書いてはボツ、書いてはボツ……その結果、ボツにしたポエムがこんなにもたまったの！」

さっちゃんはそう言って、厚さ十センチほどの原稿の束を取り出して見せた。

「このポエムの束で、銀八先生にぶってもらいたい！」

「知らねーよ！　勝手にしろよ！　つーか、書けなかったんなら来なくていいから！」

と、山崎がつっこんでいると、

「わっちは書いてきたぞ」

保健体育の月詠《つくよ》先生が原稿を手に現われた。どうやら生徒だけでなく、教員にも原稿依頼をしていたようだ。

「読んでみてくれ」

と、月詠から差し出された原稿用紙には何も書かれていない。そしてなぜか原稿用紙が波打っている。なんだこれ？　と思い、月詠を見ると、

「ああ、その原稿は火であぶってくれ。ローションで字を書いてある」

「なにその卑猥《ひわい》な炙《あぶ》り出《だ》し！　てか、炙り出しに使えるローションなんてあんの!?」

「ちなみに内容は、ローション相撲《ずもう》で日本一を目指《めざ》す少年を描いた青春小説じゃ」

「中身までローションまみれかよ！」

つっこみながらも月詠の原稿を受け取ると、次に現れたのが東城歩《とうじょうあゆむ》だ。

だが、東城は原稿を手にしたまま、なぜかモジモジしている。

「あの、原稿……持ってきてくれたんじゃないんですか？」

山崎が言って、東城の持つ原稿用紙に目をやると、月詠のものと同様、何も書かれておらず、しかも波打っている。

東城はコホンと咳払《せきばら》いをすると、そのまま帰っていった。

「いや、ボケかぶってたんかい！　アンタもローション炙り出し原稿だったたってこと⁉」

で、次に原稿を持ってきたのがグラサン長谷川《はせがわ》だった。

「書いてきたぜ、自信作だ」

と、渡された原稿は、文字の色が黒ではなく赤だった。血文字で書かれているのだ。

「いや、中身以前に、なんで血文字⁉」

と、つっこんでいるところへ現れたのが、ブルー霊子《れいこ》である。

「すいません、それを書いたのは、私なんです……」

直後、長谷川が土下座する。

「すいません！　ゴーストライター使ってしまいましたァ！」

「いや、ほんとに霊《ゴースト》が書いてるからややこしいわ！　あと、アンタの見た目でゴーストライター使うと、それはそれでややこしいから！」

　グラサンをかけ、ボサボサ頭の音楽家らしき長谷川とゴーストライターが退場すると、次に原稿を持ってきたのは志村新八《しむらしんぱち》だった。

「新八くん」と、山崎は同類に会えた安心感から思わず表情をゆるませる。「君も書いてきてくれたんだ」

　だが、新八に笑《え》みはなく、「これ、どうぞ」と、無愛想《ぶあいそう》に紙片《しへん》を差し出してくる。

「えーと、これは？」

「この第二講で山崎さんが繰り出したツッコミに対する、僕なりの採点表です」

「いや、こえーよ！　てか、なんでわざわざ俺のツッコミ採点したの!?」

「今回の小説版は『高杉くん』の続編なので、こういう形じゃないと僕の出番が少ないと思ったからです」

「そうなの!?　意外と出番に貪欲《どんよく》！」

　驚く山崎に、新八が感情のこもらない声で続ける。

「この第二講における山崎さんのツッコミは、全体的に単調で、それ○○だろ！　とか、○○みてえじゃねーか！　みたいなツッコミが多い印象です。さっちゃんさんのところは、『それポエムじゃなく、もはやドエムだろ！』とか、僕なら言い回しを工夫《くふう》しますけど」

「グサグサくるわ！」

「あと、『黒の面積減ったけど、ロリコンの四文字がくっきり浮かんでるゥゥゥ！』のところは、説明しすぎてうるさく感じますね」

「いや、なんでサイレントツッコミまで聞こえてんだよ！　特殊能力⁉」

「今のツッコミも僕なら……」

「もういいよ！　追いこみキツすぎるよ！」

新八の採点表をこわごわ受け取ると、また別の生徒が原稿を届けにやってきた。

その男子生徒——桂小太郎《かつらこたろう》の姿を認めると、山崎はギクリと身がまえた。

……来た。とうとうコイツが。

つっこみまくって疲労が蓄積しているところへ、この銀河系レベルのボケをまき散らす桂の登場である。

「……げ、原稿、書いてきてくれたんですか？」

おっかなびっくり山崎が聞くと、桂はキッパリと、

「いや、書けてはいない！」

じゃあ、なんで来たんだよ！　と、声を張り上げることはしなかった。桂という男はここからが本番なのだ。

桂は続けた。

「だが、この文豪《ぶんごう》桂、受けた依頼には応《こた》えたい！　だから、今ここで書かせていただく！」

そう言うと桂は、部室の片隅《かたすみ》に勝手に文机《ふづくえ》を置き、その前であぐらをかくと、原稿用紙に向かってペンをかまえた。

「あの、書けなかったんなら、書けなかったでいいんで……」

と、山崎が声をかけても、桂は取り合わない。

「ええい、違う！」

と、吐き捨て、原稿用紙をくしゃくしゃに丸めてポイと背後に投げた。

「いや、そうやると文豪っぽいけど！」

だが、その丸めた原稿用紙は床《ゆか》には落ちなかった。高杉が素早《すばや》く落下点に入り、キャッチしたからだ。

桂がちらりと背後を見やる。高杉が原稿用紙の玉をキャッチしたことを知り、にやりと笑う。

高杉はキャッチした玉を桂に投げ返した。

桂はそれをキャッチし、また机に向かった。そして、ひと呼吸おいて、またその原稿用紙の玉を背後にポイと投げた。今度はさっきよりも玉にスピードがあった。

が、高杉はそれも難《なん》なくキャッチし、すぐに桂に投げ返した。

玉を受け取った桂が机に向き直り、ふうと息を整《ととの》えると、審判の武市がピッとホイッスルを吹いた。

「いや、審判てなんだよ！　なんか変な競技始まりましたけど!?」

桂が背後に玉を投げた。そして、直後にもう一個、別の原稿用紙の玉を投げた。

それを見て、万斉が叫ぶ。

「おっ、これは、ダブル・バックスロー・ダブルでござる！」

「なにその技名《わざめい》！　ただ丸めた原稿用紙二つ投げただけでしょ！」

桂のダブル・バックスロー・ダブルに高杉は一瞬虚《きょ》をつかれたが、なんとか落とさずに二つともキャッチした。そしてそれを投げ返す時、一つは山なりのボールで、もう一つは勢いのあるストレートで投げ返した。

「やるな晋助！」と、また万斉が言う。「ヤマナリング・ストレーティングか！」

「いや、テキトーかよ技名！」

その時高杉が、「タイム」と手を上げた。武市が笛を吹き、タイムアウトとなった。

ソファに戻った高杉に、女子マネージャーのまた子が水を渡し、同じくマネージャーの似蔵が点鼻《てんび》用のスプレーとコロッケパンを渡す。

「いや、水はわかるけどスプレーとコロッケパンはいらなくない⁉」

そこへ、万斉がコーチの顔をして高杉に近づいた。

「いいぞ、晋助。今のところ大きなミスはない」

「いや、このくだり全部が大きなミスのような気がしますが⁉」

山崎の悲痛なツッコミはしかし相手にされず、また武市が笛を吹き、試合が再開された。

再開後、まず桂が様子《ようす》見《み》とばかりに、「トリニティ・モーニングセット」を繰り出すと、高杉はお返しとばかりに、「ヘルズ・ドリンクバー」で応戦した。

「やるな高杉！」桂が笑って言う。「だがこっちは、シャイニング・ハーフパンツ・マグナムだ！」

「あめーよ！　こっちはバースト・パンプキン・ホリデーだ！」

「なんの、ノッキン・オン・トイレットドア！」

「笑止《しょうし》！　リスキー・カレーウドン・ホワイトシャツ！」

「こなくそ！　パープルドラゴン・サイバー……ええと、ドラゴン！」

「いやもう何が起きてんのか全然わかんねーから！」山崎が叫ぶ。「てか、白熱してっけど、いい年した二人が原稿用紙の玉投げ合ってるだけだからコレ！」

その後も両者は譲《ゆず》らず、試合は二度の延長戦を経《へ》て、一時間十五分続いた。

「いや、どんだけやるんだよ！　てか俺もどんだけ付き合ってんだよ！」

だが、何事にも終わりは来る。武市が笛を長く吹き、試合は終了となった。

武市の口から試合結果が告《つ》げられる。

「ドロー！」

「しかもドローかよ！　これだけやってドローかよ！　徒労《とろう》感つーかドロー感が半端《はんぱ》ねーよ！」

と、やけくそ気味《ぎみ》のツッコミをする山崎に、ロン毛を乱れさせた桂が熱戦の充実感を浮かべた顔で言う。

「実にいい試合だった。……というわけで、山崎よ。俺はこの試合の一部始終をドキュメンタリー風《ふう》に書くから、原稿はあと十日ほど待ってくれ」

「いや、待てるわけねーだろ！　締め切りは今日で、もう時間が――」

と、そこで山崎はハッとした。

そうだ。時間。思わず腕時計を見て、息を吸い込んだ。夕方五時半になろうとしている。

「しまった……！」

今日の六時までに印刷屋さんに原稿を持っていかないと、部誌の印刷と製本は間に合わない。間に合わないってことは部誌が出ないってことで、つまり文芸部は廃部ということになる。

「終わった……」

　山崎は力なくうなだれた。

「終わったって……え、タイムオーバーってことっスか？」また子が聞く。

「だが、お前は六時までに印刷所に行けばいいと」万斉も言った。

「だって、今から走ってもギリギリアウトっぽいですし、それに……」集まった原稿がこれじゃあ、という言葉は、口には出さないが表情には出した。

　そこへ、高杉が言った。

「今は原稿の内容を嘆《なげ》くよりも、部誌を出すことを優先させるべきなんじゃねーか？」

　いや、嘆きたい原稿の一つに、アンタのポエムも含まれてるんですけどね、と、これももちろん口には出せない。

「そうだ、あきらめるな！」と、一喝《いっかつ》したのは桂だ。「六時がリミットなら、今から急げばいいだろう！　さあ、ぼやぼやするな！」

「いや、アンタが言うなよ！」山崎は言い返した。「アンタが来なきゃ、あの謎《なぞ》のゲームも始まんなかったんですよ！」

「謎のゲーム……ああ、『ペーパーボール・ギャラクティカ』のことか」

「そんな名前だったのかよ！」

「原稿を集めろ」

高杉がぴしゃりと言ったことで、山崎と桂の言い合いは打ち切られた。

高杉が続ける。

「部誌を出したいから、お前は万事部に来たんだろ？」

「それは……」はい、という山崎の声は小さく、掠《かす》れた。

「だったら早く原稿を集めろ。——走るぞ」

高杉が言い、万事部の部員たちも頷いた。


原稿を抱《かか》えて学校を出ると、山崎は万事部の五人とともに印刷屋さんを目指《めざ》した。

走り出してすぐに山崎は気づく。原稿を印刷屋さんに届けるだけなら自分一人でもよかったのでは？

だが、「走るぞ」と高杉が言い、他のメンバーが頷いたところへ、「いえ、あとは俺一人でやっときますんで」とは言えなかった。その場の「熱」というか「流れ」に押される格好《かっこう》で、山崎は万事部の五人と、夕暮れのかぶき町《ちょう》を走っていた。

五分も走らないうちに息が上がり、自転車を使わなかったことを激しく後悔《こうかい》した。が、なんとか間に合うペースでは走れていた。

印刷屋さんに間に合いさえすれば、内容はグダグダでも部誌は出るのだ。部誌が出れば、文芸部は廃部にならなくても済《す》む。

だが印刷屋さんまであと一キロ、というところで――そいつらが現れた。

5

突然、山崎たちの行く手に、薄墨色《うすずみいろ》の学ランを着た高校生グループが立ちはだかった。

「!?　誰スか、あんたら！」また子が鋭《するど》い声を出した。

だが、相手は答えない。十人ほどいるだろうか、全員が無言でこちらを見つめている。

「てめーら……」高杉が眼帯《がんたい》に隠れていないほうの目を細くした。「……天照院《てんしょういん》高校か」

その校名を聞いて、山崎ははっと息を飲んだ。

薄墨色の学ラン――その襟《えり》の部分を見る。八咫烏《やたがらす》を象《かたど》った校章バッジ。間違いない。こいつらは、天照院高校……。

歴史の古い高校だということは知っている。だが、それ以外の情報があまり表に出てこない学校だった。進学校なのか、荒れた学校なのか、その辺りもはっきりとはわからない。

ただ、生徒数は膨大《ぼうだい》で、その一人ひとりがメッチャ強いという噂《うわさ》は洩《も》れ聞《き》こえていた。

「カラスの学校が俺たちに何の用だ」

高杉が問うが、相手はやはり答えない。

「聞くだけ野暮だろう、晋助」万斉が言った。「こいつらの用は、お前だ。銀魂高校の高杉晋助を叩《たた》き潰《つぶ》しに来た――声は出さずとも、隠し持った敵意が流れてくる」

「へえ、そいつは身に余る光栄だ」高杉が薄笑いを浮かべた。

「しかし、意外ですね」とは武市。「夜兎工《やとこう》ならまだしも、天照院高校が晋助殿《どの》を狙《ねら》うとは。彼らはヤンキー界の覇権《はけん》争いのようなものからは距離を置き、いかなる抗争にも不干渉《ふかんしょう》の立場を貫《つらぬ》いていたはずですが……」

「事情が変わったんだろ」高杉が言った。「聞いてるぜ、確か天照院ってのは、最近番長《トップ》が替わったんだろ」

「ああ、その話は拙者も聞いたことがあるな」万斉が言った。

高杉たちのやりとりを聞いても、相手は依然《いぜん》として口を開くことはない。だが、返答の代わりのように、拳を固め、腰を落とし、戦闘態勢に入った。

「どうするね」と言ったのは似蔵だ。「こいつらはバトルして遊《ん》ん《で》ほしそうだが……」

――おいおい、勘弁《かんべん》してくれよ……。

——こんな時にバトルしたら、絶対間に合わねーぞ……。

突如《とつじょ》始まったヤンキー漫画チックな展開に、山崎はうろたえていた。

——つーか、そもそもバトルなんかしたら、文芸部《うち》よりも、万事部《こいつら》のほうこそマズいだろ……。

これまでの問題行動のペナルティーとして、高杉たちは万事部を始めたのだ。その活動のなかで、他校と喧嘩《けんか》などしようものなら、今度こそ停学程度の処分では済まないはずだ。

「こうなったら……」と万斉が言う。「ここは拙者たちが引き受けるほかないようでござるな」

え、と山崎は万斉の顔を見た。

「晋助、お前は文芸部と原稿を持って走るんだ」

「そうだな」と、高杉は頷いた。「部誌を出すにゃ、そうするのが一番よさそうだ」

「や、けど……」山崎は目を瞬《しばたた》かせた。

——どうやって、こいつらから逃げるんだ……？

相手は戦う気満々だ。通してください、はいどうぞ、というわけにはいかないだろう。

その時、また子が叫んだ。

「晋助様！　行ってください！　また子は、また子は……あなたの帰りをいつまでもお待

ちしています！　しみつきパンツのしみを取りながら！」

「誰のパンツがしみつきじゃあああ！」

また子がまた子を蹴《け》り飛《と》ばした。

——えっ、どういうこと⁉

と思ったが、すぐに疑問は解《と》ける。蹴ったまた子が本物で、蹴られたまた子は武市のコスプレだったのだ！

——いや、てめーらこの期《ご》に及《およ》んでミニコントやってる場合かよ！

だが、そのミニコントは万事部の策だった。不意《ふい》打ちコントのおかげで、敵の張りつめた気がほどけ、立ち位置がわずかに乱れたのだ。高杉はその隙《すき》を逃《のが》さなかった。

「行くぞ！」

山崎の腕を摑《つか》み、敵の間を烈風《れっぷう》のように駆け抜けていった。

6

駆け出した高杉と山崎を、天照院高校はすぐに追ってきたが、二人はめまぐるしく進路を変え、時には物陰《ものかげ》で息を潜《ひそ》めたりして、追っ手をやりすごした。

しばらく走ると、山崎は敵を完全にまいたという感触を得ることができた。

だが、足を止めることはできなかった。走る。走り続ける。走らなければ、印刷屋には間に合わないのだ。だが……。

——もう、無理だ、限界だ……。

天照院高校をまくために、よぶんな距離を走ったこともあり、山崎の疲労はピークに達していた。

腕時計を見ると、あと十分で六時だった。そして、逃げ回りながら進路を何度も変えたので、印刷屋さんまでの距離は一キロのままだ。

十分で一キロ。走れない距離ではないが、疲労困憊《こんぱい》のこの体では無理だと思った。

高杉は少し先を走っている。その少し先に追いつけない。もう走れない。肺《はい》が爆発しそうだ。脇《わき》に抱えている原稿がめちゃくちゃ重く感じられる。

「たかっ……高杉、さん！」

山崎は顎《あご》を上げ、ついに足を止めてしまった。

高杉が立ち止まり、振り返った。

「もう、あきらめましょう……！」

山崎は言った。言った瞬間、もっと早くにこの言葉を言うべきだったのだ、と感じた。

山崎の胸に、高杉たちへの罪悪感が兆《きざ》していた。

「止まれば、部誌は出ない。いいのか？」高杉が言った。

「出なくて……いいです」山崎は言って、目を伏《ふ》せた。「てゆーか、実は俺……」一瞬ためらったが、打ち明けた。「高杉さんたちに依頼した時から、本当は俺……気持ちの半分くらいは……部誌が出なくてもいいかなって思ってたんです……」

　高杉は無言でこちらを見つめている。

「――『部誌が出ないから廃部ね』『はい、わかりました』……そうやってすんなり事態を受け入れた形よりも、部誌を出すために一応努力はしましたよっていう痕跡《こんせき》を残したくて、だから俺、万事部さんに依頼したんです。誰に対してのアピールなのかわかんないですけど、たぶん自分への言《い》い訳《わけ》なんだと思いますけど……」

「やっぱりそうか」

「え……？」山崎は顔を上げた。「やっぱり、と言いますと……」

「急いでるんだったら、俺とヅラの『ペーパーボール・ギャラクティカ』に一時間以上も律儀《りちぎ》に付き合ったりしないはずだろう」

「ああ……」

　ズバリ指摘され、恥ずかしくなる。実際にそうなのだった。あの謎のゲームが始まった時、「あ、これはもう部誌は無理だろうな」山崎は思いはじめていた。

「で、どうするんだ？」と、高杉が聞いた。「本当にあきらめんのか？」

山崎はうつむいた。息を一つ吐き、答えた。

「……あきらめます。これ以上、高杉さんや万事部さんに、失礼なことはできませんから」

「バカヤロー」

山崎はびくりと顔を上げた。

高杉が続けた。

「俺に失礼を詫《わ》びる必要なんざねえんだ。お前が礼を尽くすとすりゃあ――お前が今その手に持っている原稿に、だろ」

「原稿に……」

言われて、山崎は手にしていた原稿の束に目を落とした。

「グダグダでも、ボケボケでも、原稿は原稿だ。生まれてきたそいつらを、一冊の本にまとめるチャンスがあるんだ。最後まで尽くしてやるのがスジってもんだろ」

「………」

山崎は静かに息を吸い、吐いた。

原稿。生まれてきた、原稿。それを持つ手に、自然と力がこもっていった。

ひとつ、思い出したことがある。

文芸部に入って、初めて部誌に自分の作品が載った時の喜びだ。

書いたものが、形となり、手に取れる。その喜びを——あの時の喜びを、いつの間にか自分はすっかり忘れていたようだ。

山崎は背筋《せすじ》を伸ばし、高杉に向き直った。

「高杉さん」そして息を吸い込み、声を励《はげ》まして、その先を続けた。「ごめんなさい！やっぱり走りましょう！」

高杉は無言で頷いた。もう言葉はいらねえな、という頷きに見えた。

高杉は前に向き直って走りだした。

山崎もあとを追う。

疲労はあったが、気力はみなぎっていた。

立ち止まって打ち明け話をしたぶん、残りの時間はさらに削られている。でも、走らなきゃいけない。あと五分弱で、一キロ先の印刷屋さんまで。

山崎は走った。脇目《わきめ》もふらずに走った。

途中で、バドミントンをしている集団が目に入った。

——くそっ、やりてえ……！

——ラケットでシャトルを打ちてえ！

だが、寄り道している暇はなかった。山崎は誘惑に耐え、走り続けた。

さらに走っていると、今度は道端《みちばた》でカバディをしている集団もいた。

——くっ、そうだった！　俺、カバディ好きっていう設定もあったんだ！

——やりてえ！　カバディカバディって言いてえ！

だが、ここでも誘惑を断《た》ち切《き》り、山崎は走った。

すると今度はカポエラをしている集団と出会った。

——いや、カポエラ好きっていう設定はねーよ！

しばらく走ると、今度は機械《からくり》少女のたまさんがあんぱんとバドミントンのラケットを持って、カバディをしているところに行き会った。

——いや、この界隈《かいわい》トラップ多すぎだろ！

——気が散ってしょうがねーよ！

だが、山崎は耐えた。すべての誘惑を振り切って走った。

視界が激しく揺れ、自分の呼吸音がうるさい。体力はもうゼロで、気力も尽きかけている。時間も、もうほとんど——

その時、横を走る高杉が言った。

「祈れ」

「い、祈れ⁉」

「ああ。こんな時は祈るしかねえ。——だが神にじゃねえぞ。空知《そらち》の歴代編集者七人に、だ」

「空知の⁉」

「ああ。薄氷《はくひょう》どころか金箔《きんぱく》の危うさで、空知の原稿を共同《きょうどう》印刷さんに届け続けた歴代編集者たちに祈れば、きっと何かしらの御利益《ごりやく》がある」

「あるんですか⁉」

「と、いいなー」

「いや願望ですか‼ てか、この会話に使った体力と時間‼」

でも、山崎は一応祈った。力を貸してください！ 歴代編集者様！

と、その時だった。

前方——横断歩道を渡った先に、目指す印刷屋さんが見えてきた。

横断歩道の信号を見ると、青。だが、点滅《てんめつ》し始めた！ まずいっ！

山崎はラストスパートの力を脚《あし》にこめた！ が、次の瞬間、足がもつれてしまった！

上半身が宙に泳ぎ、その手から原稿の束が飛んだ——山崎の顔面は蒼白《そうはく》になった——その瞬間だった。

半分透明化した歴代編集者七人がどこからともなく現れ、山崎の上半身を支《ささ》え、腰を支え、足を支え、飛散した原稿をすべてキャッチしたのだ。山崎の手に原稿の束が戻ると、半透明の七人の編集者たちは、ドラゴンボールが世界に散るように一瞬で空へ飛び去っていった。

ほ――

――ほんとに助けてくれたァァァァ!!

――ありがとうございますゥゥゥ！　歴代編集の皆さんんん!!

感謝のシャウトをしながら、山崎は横断歩道を弾丸《だんがん》のように駆け抜け、印刷屋さんに転《ころ》がり込《こ》んだ。

「ぎっ、銀魂っ、高校、文芸……やまざっ……部誌の、げっげっ、原稿を届けに……！」

舌をもつれさせながら、ボロボロの山崎が差し出した原稿の束を、店のおじさんは、

「ああ、いらっしゃい。じゃあ、やっとくね」

と、いたって普通のテンションで受け取った。

ともあれ、間に合った……。よかった……。

安堵《あんど》した途端《とたん》、山崎は膝《ひざ》から崩《くず》れ落《お》ちた。

そして――数分ほど眠ってしまったのかもしれない。

目を開けると、高杉がしゃがんでいた。

「あ……」

「印刷と製本の段取りは、俺があの親父《おやじ》に伝えておいた」

「すいません……」

立とうとしたが、まだ膝に力が入らなかった。

「休んでろ」

高杉は言うと、立ち上がって店を出た。

店の前には、万斉やまた子たちも来ていた。天照院高校の連中をうまくまいてきたのだろう。

高杉はメンバーたちと合流すると、そのまま歩きだした。

「高杉さん、皆さん……」

やっぱり、ちゃんと立ってお礼を言わなきゃ、と思ったが、山崎が立ち上がる前に高杉が横顔のままで言った。

「部誌、完成したら一冊届けてくれ」

「それは……もちろん、はい！」

高杉がまた歩きだし、メンバーがそれに続いた。

夕暮れから宵闇《よいやみ》に変わろうとするかぶき町の雑踏《ざっとう》へ、万事部たちは消えていった。

＊

三日後――

印刷屋さんから、文芸部の部誌が届けられた。

出来上がった部誌は、全ページ最上質の紙が使われ、オールカラー印刷。しかも化粧箱に入れられた、超豪華な仕上がりだった。

添えられていた請求書の金額は――十八万七千円也。

山崎は請求書を手に万事部の部室に駆け込んだ。

「ちょ、高杉さん！　これ高杉さんが指定したんですか!?」

「生まれてきた作品《こども》には、いいべべ着せてやりてえからな」

薄笑いを浮かべて、高杉が言った。

「にしても、豪華すぎでしょ！　普通の白黒印刷でよかったんスよ！　それをこんなに豪華にしちゃってェエ！」

予算がァァ！　と天を仰《あお》ぐ山崎に、高杉が言った。

「ふっ、あまりの金額に、お前の目が白黒してるようだな」
「うまい！　けど腹立つ！」

けど……やっぱり、ありがとうございました。

第三講

総理かよォォォ！

1

昼休みの銀魂《ぎんたま》高校が、なにやらものものしい雰囲気に包まれているのだった。

校門の近くに、テレビ局の機材車が列をなし、記者や撮影スタッフたちが忙《せわ》しなく行き来している。

校舎脇《わき》の駐車スペースに目を転じれば、見慣れぬ黒塗りの高級車が数台とめられ、その近くでは、目つきの鋭《するど》い男たちが周囲を警戒しながら、時折《ときおり》低い声でやりとりしている。

「なんなの、この騒《さわ》ぎ？　怖《こわ》そうなおっさんが黒い車のそばにいたけど、アウトレイジの撮影？」

校舎の屋上で煙草《たばこ》を吸っていた坂田《さかた》銀八《ぎんぱち》は、職員室に戻ると、同僚の教師たちに尋《たず》ねた。

「北野《きたの》組《ぐみ》の撮影じゃねーよ」と、答えたのは日本史担当の服部全蔵《はっとりぜんぞう》だ。「あの怖そうなおっさんたちは、ボディガードだよ。今日《きょう》うちに講演に来るＯＢのな」

「ＯＢ？」

「ああ、こないだ校長が職員会議で言ってたろ……つっても、おめーがマトモに聞いてるわけねーか」

「今日は総《そう》ちゃんが来るんだよ」

と、服部のあとに続けたのは、体育教師の松平片栗虎《まつだいらかたくりこ》だった。

しかし、銀八にはまだピンとこない。銀魂高校のＯＢで総ちゃん？　はて、と小首《こくび》をかしげる銀八に、松平が続けた。

「総ちゃんてのは、俺が勝手にそう呼んでる愛称みてーなもんだ。本当の名前は――」

――と、職員室でやりとりが続いている頃、学校の正面玄関の前に黒塗りの高級車が一台とまった。

ボディガードにより後部席のドアが素早《すばや》く開けられ、中から一人の男が姿を現す。

頭はチョンマゲ、ではなく、オールバック。羽織袴《はおりはかま》の代わりに三《み》つ揃《ぞろ》いのスーツをまとい、白い馬ではなく黒い専用車で現れたこの男、校内の様子《ようす》をざっと眺《なが》めると微笑《ほほえみ》を浮かべて言った。

「うむ。実に懐《なつ》かしい」

職員室の松平が続ける。

「徳川茂々《とくがわしげしげ》――内閣総理《ないかくそうり》大臣《だいじん》だよ」

そ――

総理かよォォォ！

2

芸能人や文化人、まあひっくるめていわゆる有名人が、母校《ぼこう》を訪れて講演をするというのは、間々《まま》ある話だ。

今回の、徳川茂々内閣総理大臣の銀魂高校訪問もそれであった。

現総理の母校訪問ともなると格好《かっこう》のニュースネタなわけで、だからテレビ局の車がたくさん来ていたのである。

通常の時間割で言うと、五時限目にあたる時間帯に、徳川茂々総理の講演は組み込まれていた。

歴代の総理大臣を何人も輩出《はいしゅつ》している徳川家の御令息《ごれいそく》ということで、茂々が在学の折は、教職員一同かなり気を遣《つか》ったものだが、まあそれはそれとして、今や立派に一国の宰相《さいしょう》となった茂々である。

その茂々が今、体育館のステージの上で講演しているのだった。

「青春時代というものは、なにも明るく輝かしい面ばかりではないと私は思う。むしろ恥や挫折《ざせつ》にまみれた季節と言ってもよいだろう。だが、その恥や挫折こそが、諸君らを磨《みが》き、鍛《きた》えるのだ」

とまあ、こんな調子だ。話の内容はありきたりだが、演台に手を置き、全校生徒に熱弁をふるう総理の姿はやはりさすがの貫禄《かんろく》と風格《ふうかく》であった。

「今日こうして母校の空気に触れることができたのは僥倖《ぎょうこう》であった。青雲《せいうん》の志《こころざし》を抱《いだ》いていた高校時代を思い出し、褌《ふんどし》を締《し》めて……いや、もっさりブリーフのゴムをパッツリと締めて、私はこれからの政務に臨《のぞ》む所存《しょぞん》だ」

そんなふうに結んで、総理は講演を終えた。

退屈とまでは言わないが、銀八にとってはさして面白《おもしろ》い話とも思えなかった。ステージを降り、ボディガードに付《つ》き添《そ》われて体育館を出ていく総理を見ながら、あーやれやれ、これで帰れるぜ、と腰をトントン叩《たた》いていると、ステージの下に、ハンドマイクを手にしたハタ校長が進み出た。

「えー、すでに知らせてあると思うが、総理はこのあと、クラブ活動をご見学される。部活動に残る生徒は、いつもとは違う雰囲気で緊張するとは思うが、普段《ふだん》通り取り組んでくれればよいぞ」

「え？　なに？　総理、部活の見学なんてすんの？」

銀八が、隣に立つ服部に聞くと、同僚は苦笑《くしょう》しつつ溜《た》め息《いき》をつく。

「おめーはホントに何にも聞いてねーんだな。見学だけじゃねーぜ。総理は今日なんと、体験入部もなさるおつもりだそうだ」

「体験入部ゥ？」

「ああ。ただ見学するだけじゃなく、自分も若人に混じって部活動をしたい……ってことらしいぜ」

「マジかよ。モノ好きな総理もいたもんだね、まったく」

と、肩をすくめてかぶりを振る銀八であったが、この時はまだ、事態を他人事《ひとごと》のように見ていたのである。

この時はまだ。


さて、始まった総理の部活動見学ツアー。

ぞろぞろと移動するおっさん御一行の陣容《じんよう》はというと、総理とハタ校長が先頭を行き、その周《まわ》りをボディガードが固め、そのあとに教頭以下、銀八や服部ら教師陣が続く格好になっていた。取材のカメラなども、少し離れてついてくる。

「おい、なんで俺たちまで総理について回らなきゃいけねーんだよ」

と、不満をたれる銀八に、

「しょうがないだろ」と教頭が小声で返す。「職員が大勢ついて回ってたほうが、なんかこう、総理を歓待《かんたい》してるっぽい感じが出ていいって、バカ……いやハタ、いやバカ校長のお達しなんだ」

「なんだよ、俺らは添えモンかよ」

舌打ちする銀八に、服部が言う。

「まあいいじゃねーか。俺らはついて回ってるだけでいいんだ。大変なのは、総理が体験入部する部活の顧問《こもん》だぜ。なんたって総理様だ。粗相《そそう》がねえように、ずっと気ぃ張ってなきゃいけねえんだからな」

「つーか、それなんだけどよ」と、銀八は聞く。「その、総理の体験入部？　それって、何部に入るわけ？」

「さあ、そこまでは俺も知らねーが……」

服部が首をかしげると、教頭が言った。

「それはまだ決まってない。いろんな部活を見て、総理が入りたいと思った部活をその場で決めることになってるんだ」

「へー、その場でねえ」

などというやりとりが交《か》わされるなか、一行はいろんな部活を見て回ったのだった。

野球部の守備練習、サッカー部の紅白試合、柔道部の乱取《らんど》り稽古《けいこ》等々。

文化部も見学した。吹奏楽《すいそうがく》部、茶道《さどう》部、理科の平賀源外《ひらがげんがい》先生が顧問をつとめるロボット研究部、それから文芸部の部室では、妙《みょう》に豪華な部誌も手に取った。

校内の各所を巡《めぐ》り、一通《ひととお》りの部活を見学したあと、総理は興奮気味《ぎみ》に言うのだった。

「うむ。やはり、若者が何かに打ち込んでいる姿というのは、実にすがすがしいものだな。私も血潮《ちしお》がたぎるのを感じる」

へーへー、何がたぎってもよろしいですが、そろそろ体験入部とやらを済《す》ませていただけませんかね、と、銀八があくびを噛《か》み殺《ころ》していた時、一行はちょうど体育館の裏手に差しかかっていた。

「む？　あそこにも部室らしきものがあるが、あれは……？」

と、総理が指さしたのは、十メートルほど先にある古びたプレハブ小屋だった。そう、万事部《よろずぶ》の部室である。

その瞬間、ピキーン、と銀八ら教員の間に緊張が走った。

「あ……ああ、あれは、よ、万事部というクラブでして……」

うろたえ気味に言うハタ校長に、総理が重《かさ》ねて問う。

「ほう、万事部とな。して、その活動内容は？」

「活動内容は、そのぅ、まあ、簡単に申しますと、人助けと言いますか、まあ、困っている人を助ける、ま、ボランティア的な……」

「なに、人助け」

総理の声が力強くなったことで、銀八はギクリとする。おいおい、やめてくれよ。まさかとは思うけど……。

と、そこへ、ハタ校長がでかい声を出す。

「あ、あー！　では、総理！　そろそろ体験入部のお時間ですが、何部にいたしましょう？　え、野球部ですか？　はい、じゃあ野球部ということで！　グラウンドのほうにご移動を――」

「待て待て、私はまだ何も言っておらん」

強引《ごういん》に話を進めようとしたハタだったが、総理に制された。

「決めたぞ」と、総理は言った。「私は、万事部に体験入部することにする！」

よ――

万事部かよォォォ！

総理、よりにもよって万事部に入るんかよォォォ！

青ざめる銀八の前で、

「そ、総理、本当に、万事部でよろしいので？」

ハタが聞くと、総理はこくりと頷《うなず》く。

「うむ。困っている人を助ける部活とは実にユニークだ。そして、その精神は政《まつりごと》の原点でもある。私は万事部に入るぞ」

「そ、そうですか……」ハタはあきらめたように何度も頷くと、こう続けた。「……では、あとのことは顧問の坂田先生にお任《まか》せしようかな」

「いやオイィィィィ!!」銀八はたまらずハタのもとに駆け寄り、胸倉《むなぐら》を摑《つか》んだ。

（俺がいつ万事部の顧問になったんだよ！）

という声は、一応総理の手前、ボリュームはおさえてある。

（だって！　だって！　万事部って高杉《たかすぎ》のクラブじゃん！　高杉は君んとこの生徒じゃろーが！）

（だからって俺が顧問かよ！　つーか、あとのことは任せるって、どういうこったよ！　俺も総理の体験入部に付き合えってか!?）

（当たり前じゃろーが！　あんな、ヤンキーのアジトに、総理一人を残していけるか！　君が顧問としてお目付け役になるんじゃ！　これは校長命令じゃ！）

（てめっ、きたねーぞ！）

と、二人が語調鋭く、でも声のボリュームはおさえて言い合っているところへ、総理の声がした。

「では、さっそく万事部に挨拶《あいさつ》に参《まい》るかの」

そう言って、ずんずん歩きだす総理を、銀八は慌《あわ》てて追いかける。

「あ、や、総理！　やっぱりもっと他の部活を――」

だが、銀八の声には耳を貸さず、総理は部室の引き戸の前に立つと、声を張り上げた。

「お願いしたき儀《ぎ》があって参った！　こちらの万事部に私を加えてはもらえぬか！」

ガラリ――と、すぐに引き戸が開き、立っていたのは万事部部長、高杉晋助《しんすけ》だった。

対峙《たいじ》する、カリスマヤンキーと内閣総理大臣。

ポケットに両手を入れたまま、高杉は総理の顔を見返すと、口を開いた。冷たい声が流れ出す。

「なんだ？　新入部員か？」

「うむ！　そういうことになる！」

総理が快活に答えると、高杉は頷いた。

「そうかよ。だったら早速《さっそく》新入部員の仕事だ」ギロリ、と総理をにらみ、高杉は凄味《すごみ》のある声で続けた。「――コロッケパン買ってこいや」

い——

いきなり総理パシらせたァァァ！

口をあんぐりと開けて硬直《こうちょく》する銀八の目の前で、

「はいっ！　先輩！」

と、総理が走りだす。

いや、総理《アンタ》もすぐパシるんかーい!!

3

とんでもないことになった……。

万事部の部室で、銀八は絶望感に押《お》し潰《つぶ》されそうになっていた。

現在部室にいるのは、銀八と、高杉一派の五人。茂々総理はコロッケパンをパシり中である。

ハタ校長らは薄情にもさっさと職員室に引き上げ、報道陣もすでに帰ったあとだった。

総理のボディガードは校内の控室《ひかえしつ》で待機中だが、これは総理との事前の取り決めで、そうするようになっていたようだ。ずっと張りつかれていては、総理が存分《ぞんぶん》に部活動を楽しめないから、というのがその理由らしい。

「——で」と、高杉が銀八に言った。「あの、オールバックのおっさんは誰なんだ？」

「いや、知らずにパシらせてたのかよ！」

　銀八はいきなりこけそうになる。

「つーか、顔見たらわかるだろーが！　総理だよ、総理！　我《わ》が国の！」

「総理？」高杉はかすかに首をかしげる。「ああ、言われてみれば、どっかで見たツラだと思ったぜ」

「どっかでって、おめーら、さっきの体育館の講演聞いてねーのかよ」

「そんなもんブッチっスよ」

　と、また子《こ》が悪びれもせずに言い、万斉《ばんさい》らも頷くので、銀八は舌打ちをもらす。まあ、大方《おおかた》そんなことだろうとは思っていたが……。

「まあ、とにかくだ」と、銀八は今のこの状況を説明した。「おめーらがパシらせたアレは総理で、これは体験入部の時間で、俺は、まあ行きがかり上、顧問っつーことでここにいるんだ。だから、いいか？　おめーら、総理の扱《あつか》いには細心《さいしん》の注意を払えよ。何かあったら国家レベルの事件になっちまうんだからな」

　と、釘《くぎ》をさしているところへ、ガラリと部室の引き戸が開《あ》けられ、総理が帰ってきた。

「先輩！　コロッケパン買ってきました！」

「てめっ、晋《しん》ちゃん待たせすぎなんだよコラァ！」と、総理の胸倉《むなぐら》を掴む似蔵《にぞう》を見て、銀八は卒倒《そっとう》しそうになる。

「いや話聞いてたァ!?　それ総理！　胸倉ＮＯ！」

「すいません、先輩！」

と、頭を下げる総理にも銀八はつっこむ。

「いや、総理！　総理も卑屈《ひくつ》になりすぎですから！」

「しかし、部活における新入部員とは、このようなものであろう」

「いやいやいや、総理、落ち着いてください」銀八は咳払《せきばら》いして続ける。「確かに、新入部員は先輩の言うことを聞くものです。ですが、総理はうちのＯＢです。つまり、こいつらよりも先輩なんです。だから、あんまりペコペコするのは、それはそれで関係性がおかしくなっちゃうのかなー、と」

「うむ。確かに、そなたの言うことも道理《どうり》ではあるな……」総理は頷きつつも、「しかし、私は単なる客人として部活を眺《なが》めるのではなく、彼らと交《まじ》わって実際の活動を……」

「もちろんわかってます。ですから、そこら辺ちょうどよくやっていただけたらなあと思うんです。……だから、おめーらも」と、銀八は高杉たちに目を向ける。「こう、なんていうか、うまい具合にやってくれよ。お客様なんだけど丁重《ていちょう》にしすぎないっつーか、なんつーの？　神と塩のあいだ？　違うな。冷静と情熱のあいだ？　部屋とYシャツのあいだ？　みたいな……」

「いや、たとえがわかんないっスよ！」

「うるせーな！　俺もわかってねーんだよ！」

怒鳴《どな》り返す銀八に、高杉が冷《ひ》えた声で応《こた》える。

「まあ、アンタの要望通りにできるかどうかはわからねーが、なるべく塩梅《あんばい》よくやってやるよ。……と言ってもまあ、依頼が来なきゃ万事部は活動もクソもねえんだがな」

そうか！　と銀八はハッとする。依頼だ。依頼がなければ万事部は動けないのだ。

てことは、今日、総理がいる間に依頼が来なければ、万事部は活動することもなく、必然的に総理に粗相をはたらくようなこともないんじゃ――と、そこへ声。

「すいませーん、万事部さんにお願いしたいことがあるんですけどー」

いや、すぐ来たァァァ！　銀八は天を仰《あお》ぐ。依頼すぐ来たよ！

で、その依頼人って誰よ？　と、戸口を見ると、そこには微笑《ほほえ》むメスゴリラ――もとい女子生徒が一人。

志村妙《しむらたえ》であった。

4

「私、家庭科部なんですけど」

と、切り出したお妙に、銀八がすかさず言う。

「え？　ごめん。もう一回言ってくれる？」

「私、家庭科部なんですけど」

「ごめん。もう一回」

「私、家庭科部なんですけど」

「ああ、『私、舎弟《しゃてい》サブなんですけど』って言ってんのね。サブって名前の舎弟がいるってことね。そうか、そうか」

と、頷く銀八の顔面に、お妙は笑顔でアイアンクローを決めてくる。

「私が家庭科部なのがそんなに納得いきませんか、先生。てゆーか、さっき総理と見学にいらした時、私、家庭科部にいたでしょう？」

メキメキと顔面の骨を軋《きし》ませながら、「うん、ごめん、許して。さっきはあんまマジメに見てなかったんだ。てか、担任教師の顔面にアイアンクローはよそうか、アネゴ」

依頼人の話を聞く時間が始まっているのだった。

総理が体験入部していること、銀八が顧問として同席していることは、すでにお妙には説明済みである。

お妙が続けた。

「万事部さんにお願いしたいことというのは、学生食堂《がくしょく》のモニターなんです」

「学食のモニター？」また子が聞き返す。

お妙が頷いて続ける。「実は、こないだ学食の人から家庭科部に相談があったんです。最近、学食の利用者が減っているからなんとかしたい。ついては家庭科部の皆さんで、学食をリニューアルするにあたってアイデアを出してほしいって。で、私たち家庭科部で話し合って、いろんな新しいサービス考えたんです。だけど、それをいきなり学食に導入してもらうのもアレなんで、一度万事部の皆さんにモニターとして体験してもらえないかと思いまして」

「なるほどな……」と、薄く笑うのは高杉だ。「俺たちに、お前らのアイデアの実験台になれってことか」

「そんな、高杉さん、実験台なんて怖い言い方やめてくださいよ」うふふ、とキャバ嬢《じょう》のスマイルを返すお妙を見つめながら、銀八は早くも警戒感を抱《いだ》いている。

家庭科部が学食に提案しようとしている新サービスのモニター。

第一印象としては、簡単そうな、穏当《おんとう》そうな依頼に思える。

だが、依頼人が志村妙であることを忘れてはならない。何をどう調理しても暗黒物質《ダークマター》に変えてしまうのがお妙という女だ。そのお妙が持ってきた学食の新サービス……。

やばい予感しかねーよ……と、銀八が顔を引きつらせていると、そこへ、お妙が言う。

「あ、ひょっとして先生、私が料理を振る舞うとか思ってるんじゃありません？」

「う、うん、まあ……」

「大丈夫ですよ」お妙が笑って言う。「確かに、私が料理を振る舞うと、なぜかみんな、急用ができて姿を消したり、寝落ちしちゃったりしますけど——」

「わあ、すごいポジティブな捉《とら》え方」

「でも、今回の学食の件に関しては、ひとまず私の料理の腕は封印《ふういん》して、アイデアを出すほうに専念してますから」

なるほど。できれば、その料理の腕、未来永劫《えいごう》封印しておいてもらいたいものだが、ともかくだ。お妙の暗黒物質《ダークマター》が提供されないということは、これは今の万事部にとって、実にちょうどいいレベルの依頼なのではないだろうか。重労働する必要もないし、ケガをする危険もなさそうだ。

「いいぜ」と、高杉が頷いた。「その依頼、受けてやろう。総理、アンタにもモニター役はやってもらうが……いいな？」

「無論《むろん》だ」と、鼻息を荒くする総理は、早くも人の役に立てる喜びを感じているようだ。


でもって、十分後――

銀八と万事部は、依頼人のお妙とともに学食に移動していた。

学食は、入って左手にセルフサービスのカウンターがあり、カウンターの奥が厨房《ちゅうぼう》になっている。カウンターの前にはテーブル席が何列も並び、銀八たちはとりあえずその一卓に通された。万事部の五人、総理、銀八が着席し、説明役のお妙は立ったままだ。

前もって学食側には話を通してあったのだろう、食堂内に銀八たち以外に人はいなかった。貸し切り状態である。

と、見慣れた学食の中に、一つ見慣れない物があることに銀八は気づく。壁に薄型のテレビモニターが掛けられているのだ。五十インチくらいはあるだろうか、なかなかでかい。

「なにあの、テレビ」

銀八が聞くと、お妙が答えた。

「あれは新サービスの一つなんです。普通にテレビを見たり、ＤＶＤなんかも再生できる

んですけど、一番の目的は厨房の様子を映《うつ》そうと思ってるんです。ほら、料理を作ってるところって、見てて楽しいじゃないですか。でも、ここからだと厨房は見えませんから、ああやってテレビ画面で見られるように」

「あー、そういうことね」と、銀八は頷く。

お妙が続ける。

「じゃあ、皆さん、さっそくですけど何か注文してもらえますか？　普段はカウンターで注文してもらう形ですけど、今日はここでうかがいます。だいたいの料理でしたら対応できると思いますよ」

依頼人にそう言われ、万事部たちはしばし考えた。

最初に高杉が、「焼きそば」と言い、また子が「じゃ、私はカレー」、万斉が「拙者《せっしゃ》はハンバーグ」、武市《たけち》が「ミックスフライ」、似蔵が「コロッケ」と続ける。

「かしこまりました。注文通しまーす」と、お妙が厨房へ注文を復唱《ふくしょう》したところで、銀八は口を挟《はさ》む。

「え、てか、こんなにいっぺんに言って大丈夫なのかよ？」

「ご心配なく」と、お妙は微笑む。「実は、これも新しいサービスの一つなんですけど、厨房に最新式の調理マシンを置いてあるんです。だから、どんなに注文が重なっても、スピーディーに作れるんですよ」

「へー、調理マシンね」

「あ、そうだ。せっかくですから、あのテレビモニターで厨房の調理マシンを映してみますね」

と言って、お妙がリモコンを操作すると、壁に掛かった大きな画面に、機械《からくり》少女のたまの顔が大写しになった。たまは口から大量の焼きそばを吐き出している。

「いや、調理マシンて、たまかよ！　つーか、焼きそば、グロっ！」

銀八のつっこむ横で、うぷっと声がし、見ると、総理が早くも口に手を当てている。

「ちょ、おい！　さっそく総理が催《もよお》してんじゃねーか！」

銀八は慌てたが、総理が言う。

「い、いや、大丈夫だ。これしきのことで、私はもどしたりはせぬ……」

「ほう、さすがは総理だ」と、薄笑いを浮かべたのは高杉だ。「じゃあ、追加注文だ。もんじゃ焼きとお好み焼きとあんかけ焼きそばをくれ」

「いや、明らかに狙《ねら》ってるだろ、その注文！　絶対総理のオボロシャア狙ってるだろ！てか、お妙！　たまチェンジ！　たまに作らせんのナシ！」

「わかりました。じゃあ、たまさんはやめて別の調理マシンにしますね」お妙は頷くと、

厨房のほうへ、「続きの注文は二号機でお願いします！」と声を張り上げた。

「二号機？」

と銀八が訝《いぶか》っていると、テレビモニターに百地《ももち》乱破《らっぱ》と機械人形が映し出された。

「いや、結果一緒だろーが！」

と、銀八がつっこんでいる間にも、画面の中では機械人形のモモちゃんが椅子《いす》の上で気《き》張《ば》って、お尻《しり》からカレーを出している。ぶりぶりと出てくるカレーを見て、総理はさらに
「おぷっ」

「いや、一回止めて！　一回止めて！」

銀八が叫ぶと、画面の中で乱破が言う。

「止めてと言われても、一度出始めたうん……カレーは止まらぬぞ」

「今、『うん』って言ってたけど!?　それカレーなんだよね!?　間違いなくカレーなんだよね!?」

つっこむ銀八の隣で、総理の吐《は》き気《け》メーターはどんどん上昇している。

やばい……。銀八は嫌《いや》な汗を一筋《ひとすじ》流す。ここで総理にオボロシャアさせたことが関係者にばれると、銀八はこの場にいた唯一《ゆいいつ》の教師ということで、総理官邸《かんてい》からメッチャ怒られるに違いない。ヘタすりゃクビかも……。

「お妙！　画面消して、画面！　そんでもう機械に作らせるのナシ！」

銀八に言われ、お妙は「わかりました」と画面を消すと、総理に向き直った。

「あのー、なんだか総理にご不快な思いをさせてしまったようなので、ここでお口直しに、学食の新メニューをお持ちしますね」

そう言って一度、扉の向こうの厨房に消えると、すぐに料理を一品持って出てきた。

お妙がテーブルに置いたのは、何かの肉のソテーだった。表面にこんがりとした焼き目がつき、香《こう》ばしい湯気《ゆげ》が立《た》ち上《のぼ》っている。

口をおさえて青ざめていた総理も、「おっ」という顔になり、勧《すす》められるまま一口食べると、「うむ！」と声を上げた。

「実に美味《びみ》だ。これは何の肉なのだ？」

総理に問われ、お妙は、「これですよ、総理」と、テレビにリモコンを向け、パンデモニウムの画像を映した。

「いや、パンデモニウム《これ》かよ！」とつっこむ銀八の隣で、またもや総理が口を押さえる。

「ちなみに、作っている様子はこうです」

と、お妙が厨房の映像に切り替えると、厨房では外道丸《げどうまる》が金棒《かなぼう》を振り回してパンデモニウムに下ごしらえを施《ほどこ》しているところだった。びしゃびしゃといろんな液が飛び散ってい

る厨房の映像に銀八が叫ぶ。

「いや、こえーよ！　R指定だろコレ！」

「ぐむぅ！」と総理は口を押さえ、さらに激しく身もだえする。

「ちょ、消して消して！　画面消して！　これ以上グロシーン続くとやべーから！」

だが、お妙はリモコンを手にして首をかしげる。

「おかしいわ。電源が切れない。故障かしら」

「故障かよ！　しょっぺえな！」

銀八が怒鳴《どな》ると、

「コショウがしょっぱいなら、これでどうっスか⁉」

また子がパンデモニウムのソテーに砂糖をがんがんかけ始める。

「いや、味付けの話じゃねーよ！　壁のテレビだよ！　つーか、お妙！　なんとかしろよ、残酷シーン垂《た》れ流《なが》しだぞ！　このままだと総理もゲロ垂れ流しちゃうよ⁉」

「じゃあ、何か映画のDVDを！　画面の横に入れるところがあります！」

お妙が言うと、高杉が動いた。

「それならちょうどいい。今日TSUTAYAに返そうと思ってたDVDを流そう」

と言って『ウォ●キング・デッド』を再生する。

「いや、作品のチョイス!!」銀八はテーブルを叩く。「バカ杉てめー! 吐きそうな奴《やつ》の前でゾンビもの流してどーすんだ! もっと他にねーのかよ! たとえばヒーローものとか!」

「ヒーローものなら拙者が持っているでござる!」

と言って、万斉が入れたDVDは『ア●アム●ヒーロー』の実写版だった。

「それもゾンビものォォォ!!」

「うぷっ!」

「総理!? 総理!? ちょ、やべーから! マジでゲロの臨界点《りんかいてん》来そうだから! 何か他の映画!」

「だったら、『となりのト●ロ』はどうだ?」と高杉。

「あるんじゃねーか! それにしろよ最初から!」

銀八がつっこみ、高杉がDVDを入れ替える。

そして始まったのは、『となりのト●ロのはらわた』という映画だった。

「なにそのB級ホラー!! あんの!? ほんとにあんの、そんな映画!」

と、つっこむ銀八の横で、総理がいよいよやばくなっている。

「ちょ、もうアレだ! 布だ! 布とかで画面隠せ!」

銀八が言うと、すぐに武市と似蔵が動いた。大きな布で壁のテレビを覆《おお》い、とりあえずト●ロのはらわたシーンは隠された。

「よしっ、ナイスだおめーら！」銀八は二人の機敏な反応にホッとする。「てゆーか、お前らよく見つけたな、そんなちょうどいいサイズの布！」

「はい、あれをお借りしました」

と言って、武市が総理を指さす。

見ると、総理はブリーフ一枚の姿で青ざめている。

いや、総理のスーツ借りたんかよォォォ！　銀八は心の中でシャウトする。

「だーもう！　集合！　集合だおめーら！」

銀八は言うと、ひとまずブリーフ一枚の総理を残し、万事部とお妙、そして、厨房からたまと百地乱破、外道丸も呼んで円陣《えんじん》を組んだ。

「おめーらよぉ、何考えてんだよ。一国の宰相《さいしょう》にグロシーン見せまくって、ブリーフ一丁《いっちょう》にするなんて。どーすんだよ、総理官邸から呼び出し食らったら」

「そんなこと言われても……」とお妙は困惑《こんわく》し、

「あっしらは普通に料理してただけでござんすから」と外道丸はけろりとした顔で言う。

「あれのどこが普通なんだよ。つーかもう、アレだ」銀八は咳払いして続ける。「こうなったら新サービスのモニターの件はいったん置いといて、総理のご機嫌《きげん》をとるほうが先だ」

「ご機嫌をとるって、どうやって？」と、お妙。

「決まってるだろ。接待《せったい》だ、接待」銀八は言った。「お妙、お前本編じゃキャバ嬢なんだからよ、総理の横座って、一緒にメシ食ってやれよ。んで、膝《ひざ》でもコツンとぶつけてやったら、総理の機嫌も持ち直すってもんだ」

「嫌ですよ、そんなの」お妙は顔をしかめる。「あんなもっさりブリーフの隣に行くだけでも嫌なのに、膝なんか触れたら身ごもっちゃうかもしれないでしょ」

「身ごもりはしねーだろ。どう見えてんだよ、お前には総理が」

「いや、わからんぞ」と言うのは乱破だ。「見ろ、総理のブリーフを。前のところに何か滲《にじ》んでおるぞよ。あれはもう宰相じゃなくて、精相ぞよ」

「精相《せいしょう》ってなに!?　宰相だから！　内閣総理大臣だから！」

「いいえ」と、たまも続ける。「私の分析によると、あの方は内閣総理大臣というよりは、なんかイカ臭《くさ》い大臣です」

「なんかイカ臭い大臣ってなに!?　何を司《つかさど》る大臣なんだろーか!?　つーかおめーら、聞こえるから総理に！　ちょっと涙目《なみだめ》になってるから総理が！」

「接待なら万事部がやってやろーか？」と、そこへ聞こえたのは高杉の声だった。

「おめーらが？」

「ああ。あの総理のご機嫌をとりゃあいいんだろ？　女が横に座って……それだけじゃねえ、小粋《こいき》な音楽でも奏《かな》でてやらあ」

「おお！　女と音楽か！　最高じゃねーか。頼むわ」

銀八が声を弾《はず》ませると、さっそく万事部が接待に動いた。

万斉と似蔵が女装して総理の両脇に座り、また子と武市がアルトリコーダーをかまえたのだ。

「いや、分担おかしくね⁉」すぐさま銀八がつっこむ。「また子が横に座って、万斉がギター弾《ひ》くとかじゃね⁉」

銀八がシャウトしている時に、総理の両脇に座っていた万斉と似蔵が同時にゲボロシャアと吐いてしまう。

「いや、オイィィ！　両サイドで何やってんだァァ！」

「す、すまぬ……。イカ臭くて、吐いてしまった……」と万斉。

「いや、イカ臭いとか言わなくていいから！　総理、立ち直れなくなっちゃうから！」

「い、イカ同文……」と似蔵も。

「いや、うるせーよ！　もう完全に泣いてるから！　総ちゃん、肩震わせて泣いてるから！」

「いけない！」と、ここでお妙が動いた。「さすがにこの状況は可哀相《かわいそう》すぎるわ！　こうなったら、学食に提案しようと思ってた新サービス、『パクッとやさしく♥サービス』を提供するしかないわね！」

「パクッとやさしく♥サービス？　え、なに、ちょっとエロい響《ひび》きあるけど……」

銀八が聞き返すと、お妙は厨房に向けて声を張った。

「パクっとやさしく♥お願いしまーす！」

すると厨房から、

「はい、『パクっとやさしく♥』いきまーす！」

と返事があり、扉から白夜叉《パクヤサ》が出てきて、総理の口に焼きそばパンをぶち込んだ。

「いや、パクっとやさしく♥ってコレ!?　白夜叉《パクヤサ》が焼きそばパン、ダンクシュートするサービスのこと!?」

総理は口に焼きそばパンを突っ込まれ、じたばたと暴れている。

「ちょ、やべーって！　これ接待っていうより拷問《ごうもん》みたくなってるから！」

「いけない！」と、ここでまたお妙が動く。「こうなったら、もう一つの新サービス、『チュパチュパアタック♥』を提供するしかないわね！」

「それ大丈夫《だいじょうぶ》なんだろーな⁉　『チュパチュパアタック♥』して大丈夫なんだろーな⁉」

尋ねる銀八に目もくれず、お妙は声を張り上げる。

「『チュパチュパアタック♥』お願いしまーす！」

すると厨房から、

「はい、『チュパチュパアタック♥』いきまーす！」

と返事があり、いったん引っ込んでいた白夜叉《パクヤサ》がまた走り出てきて、チュパカブラスの肉を総理の口にぶち込んだ。

「いや、『チュパチュパアタック♥』ってコレェェ⁉　てか、結局どのサービスも白夜叉《パクヤサ》が食いモンぶち込むだけじゃねーか！」

キレる銀八に、お妙が言う。

「でも、先生、『パクっとやさしく♥』は普通に売ってる焼きそばパンを使ってますけど、『チュパチュパアタック♥』は、ちゃんと私が調理したお肉を使ってるんですよ？」

「え……？」銀八は一瞬硬直《こうちょく》する。「お前が調理した……？」

それって、つまり暗黒物質《ダークマター》ってことじゃ……と、銀八が目を見開いた時——

ドターン！　総理が白目をむいてひっくり返った。

「総理ィィィ‼」

駆け寄るが、遅かった。総理は完全に気を失っていた。

「お妙！　お前、何してくれてんだよ！　お前は料理しないって言ってただろーが！」

「でも、ちょっとぐらいならいいじゃないですか。あら、総理、寝落ちしちゃったんですか？」

「そんな可愛《かわい》いレベルじゃねーんだよ！　どーすんだよ、これ、とこしえの眠りだったら！」

銀八が言《い》い募《つの》っていると、

「おーい、坂田先生、どんな様子じゃ」

ハタ校長と教頭が学食に入ってくるのが見えた。

ピーンチ！　銀八は凍りつく。

だめだ。見せられねえ。こんな状態の総理……。

「ちょ、おめーら！　立たせろ！　両脇から支《ささ》えろ！」

銀八が指示を飛ばすと、万事部がさっと動いた。

武市と似蔵が総理の体を無理やり立たせ、肩を貸す形で両脇から支える。

パッと見、一応立っている格好になったところで、ハタと教頭が銀八たちのそばに到達した。

「任せるとは言ったが、やはり心配でな」と、ハタが言った。「で、何も問題は起こっとらんじゃろーな？」

いや、ここに来て問題しか起こってねーよ、と言いそうになるのをこらえて、

「そそ、そりゃあもう、すべて順調に！」と銀八は引きつった笑《え》みを見せる。

「しかし、総理はなぜ服をお召しになっていないんだ？」と教頭が言う。

「あ、やー、これはですね、総理、カレーを召し上がられまして！　これがけっこうな辛《から》さでしてねー！　で、体が熱くなられたとかで、はい、ブリーフ一丁になったってわけで」

「しかし、総理はうなだれていらっしゃるぞ。ご気分がすぐれないのでは？」

というハタの指摘に、また子が反応する。総理の背後に回り、グイッと顔を起こす。

が、白目をむいて、生気を失った総理の顔に、ハタと教頭がギョッとして、

「総理⁉　大丈夫ですか⁉」

「だだ、大丈夫です！　大丈夫です！」銀八は慌てて総理を隠すように立つと、うつむいてアテレコした。

「ウン、だいじょーぶだよソーリ。ちょっとお腹《なか》いっぱいになったから、ぼーっとしてるだけだよソーリ」

銀八の声に合わせて、また子が総理の頭を動かす。

「そ、そうですか」

と、ひとまず納得するハタと教頭に、あはは、と笑いかけつつ、銀八は囁《ささや》き声《ごえ》で高杉に抗議する。

（てか、高杉おめー、俺ばっかにフォローさせてんじゃねーよ！　てめーも何かやれ！）

そう言われた高杉が、銀八にならってアテレコを披露《ひろう》する。

「いやー、それにしても、人の役に立てるのは嬉《うれ》しい内閣。万事部に体験入部して、ほんとによかった内閣」

（ヘタクソか！　なんだその語尾《ごび》！）

と、自分のことは棚《たな》に上げて銀八はつっこむ。

やべえよ、こんなんでいつまでもごまかしきれるわけがねえ。さっさとここは切り上げて、万事部の部室に戻るのが吉《きち》だ。

「え、えーと、じゃあ、お妙、家庭科部の依頼には、これでまあ応えたってことで、俺たちはそろそろ――」

と、銀八が言いかけた時だ。

「おーい、万事部！　お前らにちょっと頼みたいことがあるんじゃがのう！」

でかい声とともに学食に現れた男がいた。もじゃもじゃ頭にサングラス――数学教師の

坂本辰馬《さかもとたつま》である。

「ん？　なんじゃ、金八《きんぱち》もいたのか」

「銀八だよ。やめろ、その間違い方。本家に怒られたらどーすんだ」

と、つっこみつつも、銀八は、くそ、このややこしい時に、と顔をしかめる。

高杉が言う。「万事部に頼みたいこと？」

「そうなんじゃ。お前らの力を借りたいことが起きてのう。ちょっと来てほしいがじゃ」

「総理、よかったですな」ハタが言う。「一日に二件も依頼があるなんて、充実した体験入部になりますぞ」

くっ、コイツ……！　銀八はハタを思いきりにらみつける。コイツ、俺が順調だって言った真《ま》に受けて完全に安心してやがる……。

しかも、それだけではない。ハタはこんなことまで言いだした。

「教頭、我々も一緒に総理の体験入部を見学しようではないか」

「お、そうしますか」

おいおい、てめーらもついてくんのかよ！　どーすんだよ、どーすんだよ、総理こんな状態でよぉ……。

だが、銀八の焦燥《しょうそう》などつゆ知らず、坂本は、「いやー、わざわざすまんのう」と言って歩きだす。

5

でもって、銀八たちが坂本に連れてこられた場所は、

「屋上……？」

なのだった。何棟《なんとう》かある校舎の、とある一棟である。

「いやー、いきなり屋上に連れてこられて戸惑《とまど》っとるじゃろう！　すまんすまん！　実はわしは応援団の顧問をしちょってのう！　応援団はいつも屋上で練習しとるんじゃ！」

「あ、そーなんだ」と銀八。「でも、あれ？　さっきの部活見学の時、応援団って見てなかったような……」

「あ、そういえばウッカリしとったな」とハタ。「屋上で応援団が練習しとることをすっかり忘れておった」

「いやいや、校長、かまわんき！」坂本が手を振って言う。「それにもし見学に来てたとしても、応援団の練習は見せられんかったはずじゃ！」

「ん？　というと？」ハタが聞くと、

「これを見てほしいがじゃ！」

そう言って、坂本は足元に転《ころ》がっていた鉄パイプを指さした。

それはここに来た時から銀八も気になっていた。長さは五メートルほど、直径は三センチほどだろうか。

「その鉄パイプがどうかしたのか？」

高杉が聞くと、

「いやいや！　これはただの鉄パイプじゃないき！　これは旗棒——つまり応援団の団旗《だんき》をつける棒なんじゃ！　団旗は今、外《はず》して仕舞《しま》っておるがの！」

坂本が説明を続ける。

「団旗も旗棒も、応援団にとってはまっこと神聖なもんじゃ！　本来なら、こうやって寝かせておいていいもんじゃなか！　じゃけんども、これが倒れたまま、どうやっても持ち上がらんようになってしもうたんじゃ！」

「持ち上がらない？」

銀八が訝《いぶか》ると、坂本がさらに説明を重ねた。

旗棒はふだん、三つのパーツに分解して仕舞われる。それを練習のたびに組み立てるのだが、今日の練習の前、団長と副団長が旗棒を組み立て、団旗を結ぼうとした時、旗棒が地面に倒れてしまったのだ。

団長は慌てて拾い上げようとしたが、これがなぜか持ち上がらない。副団長や坂本、他の団員たちも手を貸したが、旗棒は地面に張りついたように動かず、いっこうに持ち上がらなくなってしまったのだ――

「これじゃあ練習にならんき、団員はみんな帰らせたんじゃが、旗棒をこのまま放置できんきのう。それで、万事部に相談しようと思ったわけなんじゃ」

「つーかさ」と銀八が聞く。「持ち上がらなくなったって、この棒、何キロくらいあんの？」

「それは量《はか》ったことがないき、正確にはわからんが、せいぜい二キロくらいじゃろうの」

「二キロって……」

その程度のものが、男数人がかりで持ち上がらないというのも奇妙な話だ。

ハタがニコニコと言う。「いかがですか、総理。試しに起こしてみては？」

てめえ！　と、銀八はまたハタをにらむ。なに調子に乗って総理に振ってくれてんだよ！　そもそも旗棒起こす前に、総理自身が起きてねーんだよ！

「いやいやいや！　総理はホラ、まだお腹がいっぱいの状態ですから！　うん、まずは顧問の俺がやってみよっかなー！」

でかい声を出しながら、銀八は前に進み出た。くそっ、なんで俺がこんなことを……と思ったが、いや待てよ、考えてみれば、ここでサクッと旗棒が持ち上がってくれれば、坂本の依頼はこなしたことになる。そうなればとっととここを離脱して万事部の部室に戻れるわけで、それはそれでラッキーな展開だ。

というわけで、銀八は旗棒の横にしゃがむと、まずは棒を観察してみた。

旗棒には二か所の継ぎ目《つめ》がある。ここで三本のパーツに分かれるのだろう。継ぎ目にはプラスチックの輪がはまっており、その輪の厚み——数ミリぶんだけ、棒と地面の間に隙間があった。

端《はし》に近いほうを両手で握り、ためしに軽く持ち上げてみる……が、だめだ。びくともしない。

マジか。なんでこんな棒ごときが、と驚いたが、息を整《ととの》え、本気を出してみる。

「せーの……ふんがあああああ!!」

顔を真《ま》っ赤《か》にし、銀八は渾身《こんしん》の力で旗棒を持ち上げようとした。

が、やはりだめ。動かない。しかし、こうなりゃ意地だと、なおも力を入れ続けた。

「おおおおああああああああ!!」

——ん?

一瞬、ちょっとだけ、本当にちょっとだけ旗棒が浮き上がる感じがあった。

「いい、いけるかもいけるかも！」銀八は力を入れたまま叫んだ。「誰か来て！　応援！　応援！」

「よしっ、任《まか》せとけ、銀八！」坂本が言って前に出た。「フレェエエエ！　フレェエエエ！　ぎ、ん、ぱ、ち！」

「いや、手ぇ貸せバカ！　この際、声援意味ねーから！」

つっこまれて、坂本が棒に取りつき、さらには万斉も加わってくれた。

三人の男たちが力を合わせたことにより、旗棒の上半分がさらに数センチ持ち上がる。

「上がってる上がってる！　いい感じだ！」

旗棒はじわじわと起き始め、先端のほうが地面から二十センチほど浮いてきた。

「す、すごいぞ、銀八！　お前怪力《かいりき》じゃのう！」

坂本が弾んだ声を出す。が、銀八の腕はもう限界だった。

だめだ。これ以上、渾身のパワーを込め続けるのはもう無理だ。しかし、ここで力を抜いて棒を落としてしまえば、またイチからやり直しになってしまう。

「ちょ、もう無理！　無理だから、何か噛ませろ！　何か噛ませて、いったん休もう！」

「噛ませろって、そんな急に言われても……！」坂本がきょろきょろした時、

「なら、これを挟め」

と、高杉が旗棒と地面の隙間に滑《すべ》り込《こ》ませたものは——

「いや、それ総理ィィィ！」

旗棒の先端近くに挟まれているのは、仰向《あおむ》け状態の総理の頭だった。額《ひたい》の部分に旗棒がめりこんでいる。

「やっぱ人助けってのは、てめーの体張らねーとな」などと、さらりと言う高杉に、

「いや張らせすぎだろコレ！　総理の頭ミシミシいってるから！」

そこへ、ハタと教頭が驚いて声をかけてくる。

「おいおい、坂田先生！　大丈夫なのかこれは!?」

「だだだ、大丈夫ですよ！　いやー、すごいなあ総理は！　自《みず》ら棒の下に頭を突っ込むなんて！　そこまでして人の役に立ちたいですか！『ウン、僕、人の役に立てるなら、頭がミシミシいっても平気だソーリ』。いやー、素晴らしい発言！　でも、もしものことがあったらアレだから、万事部のみんな！　総理の体を抜いてさしあげて！」

言《い》い繕《つくろ》ったり、アテレコしたり、指示したり、銀八も忙しい。

武市、似蔵が総理の体に取りつき、足を持って引っ張った。が、いくら引っ張っても総理の頭は抜けない。

「だめだ！　全然抜けねェ！」似蔵が言った。

（抜けないとまずいんだよ！）銀八はハタたちに聞こえぬボリュームで鋭く言う。（このまま総理の頭プレスされたら、ゲロどころの騒ぎじゃねーぞ！　絶対抜け！）

そこへ、また子が言う。「じゃあ、私、おじいさんとおばあさんと、孫と犬と猫とネズミを連れてくるっス！」

「いや、『大きなかぶ』じゃねーんだよ！　呑気《のんき》かお前は！」

つっこまれたまた子は、それならばと棒を持ち上げるほうに回った。

と、また子の加勢が入った直後、ラッキーなことに棒がふっと軽くなり、総理の頭がポンッと抜けた。

「よ、よしっ！　やった！」

銀八がホッとして手を離すと、棒はガランと地面に落ちた。総理の体は、似蔵と武市が素早く立たせる。

その総理の顔を見て、やべえな、いよいよ……と、銀八は嫌な汗を流す。

総理の額には旗棒でプレスされた痕《あと》がくっきりと赤く残っている。暗黒物質《ダークマター》で気絶して、旗棒で赤い痕をつけられて、赤と黒のエクスタシーなんて言っている場合ではない。

そろそろハタと教頭も総理の状態を怪《あや》しんでいる気配がある。なんかおかしくね？　み

たいな声が聞こえてくるのだ。

そこへ、鈍感なコイツが言う。

「いやー、総理はタフなお方じゃのう！　あれだけ棒でグイグイやられても、苦痛の声ひとつ上げんのじゃき！」

いや、上げたくても上げられねーんだよ、というのが銀八の心の声。

「しかし、屋上は風も吹いとるき、さすがにこの格好は寒いじゃろう。総理、これを羽織《はお》ってください」

そう言うと坂本は、そばにあった袋から団旗を取り出して、総理の肩にマントのように巻きつけた。

「いや、いいのかよ団旗《それ》使って！　神聖なもんなんじゃねーの？」

銀八はつっこんだが、坂本はケロリとして、

「そうは言うても、総理はＶＩＰぜよ。神聖な団旗を使ってもらって当然じゃ」と言う。

「いや、もはやＶＩＰじゃなくてＢＩＰ《ブリーフ一丁のパーソン》になりつつあるけどな……」

と、銀八が返した時だ。高杉が言った。

「今、また子が手伝ったら、棒はすぐに上がったな……」

見ると、万事部の部長は腕組みをして地面の旗棒を見つめている。

「すぐにって、そんなもん、たまたまだろ」

銀八はそっけなく返したが、高杉はまた子に続けた。

「また子、ちょっと持ってみろ。一人で」

部長に言われ、また子は旗棒のそばに行った。しゃがんで、棒を握り、立ち上がる。棒は、ひょいっと簡単に持ち上げられた。

「ええええ!?」

信じられない光景に、銀八は目をむく。

「お、おい、なんでだ!? さっきは野郎三人がかりで全然持ち上がらなかったのに……」

「わ、わかんないッスよ! 私は普通に持って立っただけッスから……」また子自身も驚いているようだ。

「待て待て。じゃ、もう一回俺が……」

と、銀八がまた子の手から旗棒を取ろうとすると——ガシャン!

旗棒は地面に転《ころ》がり落ちた。その落ち方に、銀八は目を瞬《しばた》く。

「あれ? なんか、今、棒が俺に触《ふ》られんの嫌がったような……」

高杉が言う。「どうやら、この旗棒は、男じゃだめで、女が持つと持ち上がるらしいな」

「ほんとかよ!? 男が持ったらだめって、そんなもんただのエロい棒じゃねーか!」

「いや、おんしら待たんか」と、そこへ坂本が言う。「女なら持てるなどと、そんな話があるか？　わしら応援団は、今まで男だけで練習しとったし、団旗もちゃんと持てとったぞ？　それが、なんで今日突然持てんようになるんじゃ」

「昨日《きのう》までと今日とで、何か応援団に変化はなかったのか？」高杉が坂本に聞く。「練習のしかたとか、環境とか」

「変化というなら、練習場所が変わったかのう！」

「場所？」

「おお！　実はこの三号館の屋上で練習するのは今日からなんじゃ！　昨日までは二号館の屋上じゃったんじゃが、二号館は今日から屋上のコンクリートの補修工事が始まるきのう！　しばらくはここで練習する予定なんぜよ！」

「昨日までは二号館……」高杉は目を細める。「……なるほどな」

「何がなるほどなんだよ。もったいつけないでくれる、名探偵高杉くん」

銀八が言うと、高杉は続けた。

「二号館の屋上からはテニスコートが見える。それだけじゃねえ、プールも見えるし、扉が開いてりゃ体育館の新体操部も見える。……だが、この三号館の屋上からは、校舎の角度的に、そのどれもが見えねえ」

「テニスコート、プール……」銀八は繰《く》り返《かえ》し、ちらりと地面の旗棒を見た。だんだんと真相が見えてきた、ような気がする。「え、ひょっとして旗棒《コイツ》……」

高杉が続けた。「部活中の女子の姿が見えている時は、旗棒としての務《つと》めを果たしていたが、見えなくなった途端《とたん》にやる気を失った。地面に転がったまま起き上がろうとしないのは、つまりそういうことだろうな」

「なんだそりゃ！」銀八はキレ気味に声を上げる。「女子が見えないから、やる気を失った？　んで、女子が持ったら持ち上がる？　何だこのエロ棒は！」

「なるほどのう！　そういうことじゃったか！」と、坂本が大きく頷く。

「よーし！　ほんじゃあ、この三号館の屋上で練習する間は、見えるところに女子のグラビアを貼《は》りまくることにするぜよ！」

「どんな応援団だよ！　グラビアに囲まれて『押忍《おす》』って言い続ける集団、怖すぎるだろ！」

銀八がつっこんだ時だ。

ごう、と屋上に強い風が吹いた。

きゃっ、という短い声はまた子だった。

見ると、また子は制服のスカートを手で押さえていた。風でスカートがめくれ上がった

のだろう。

屋上にスカートの女子がいれば、まあそんなことの一回や二回起こるよね、という程度のシーン。

だが、次の瞬間、旗棒に異変が起きた。

旗棒の先端が持ち上がり始めたのだ。ぐぐぐっと。ひとりでに。誰も触れていないのに。

「お、おい、何じゃ!?　棒が勝手に立ちだしたぜよ！」坂本が声を上げた。

不可解な光景に一同が言葉を失うなか、棒はゆっくりゆっくり立ち上がり、とうとう垂直に立ちきった。その様子はまさに、屹立《きつりつ》といった感じである。

自分の顔の上に影を落とす棒に恐怖を感じたのだろう、また子がそっとあとずさりした。

すると、旗棒が動きを見せた。

ガシャン、と、また子のほうへ飛《と》び跳《は》ねたのだ。

「ひっ！」と、また子はさらにあとずさる。するとまた旗棒がそちらへ、ガシャン。

「なあ、これ……」と、銀八は言った。「これ、立ってるっつーか……勃ってんじゃね？　また子見て」

「た、たつって、坂田先生」教頭が言う。「それは『おっき』という意味か!?」

「ジジイ！『おっき』はやめろ、『おっき』は！」ハタが教頭をたしなめる。

そこへ武市が言った。「それはつまりこういうことですか！　旗棒がまた子さんのシミツキパンツを見て興奮して『おっき』したと!?」

「殺されたいんスか、武市変態！　つーか、シミついてねーし！」

また子が怒鳴った時、棒がその場でジャンプし、さらには先端を左右に振り出した。それは生身《なまみ》の女を近くに見て喜んでいるようにも見えた。

「ちょ、コレ……」また子はかぶりを振ると、さっと踵《きびす》を返した。「マジキモいんスけどォォォォ！」

叫びながら逃げ出したまた子を、旗棒はガシャンガシャンと追いかけだす。

「こ、これは！」坂本が叫ぶ。「旗棒の欲望が暴走しとるぜよ！」

「いや、ボーボーうるせーな！　つーかコレ、止めねーと!!」

6

広い校舎の屋上を、また子はぎゃあぎゃあ喚《わめ》きながら逃《に》げ惑《まど》い、そのまた子を旗棒――いや、エロ棒がガシャンガシャンと追い回している。

「アッハハハハ！　まっこと元気な旗棒ぜよ！」

「いや、笑ってる場合かよ！」銀八は坂本の頭をスパンと叩く。「その元気な棒がＪＫ追いかけ回してんだよ！」

それだけじゃない。銀八の傍《かたわ》らには、団旗をまとい、ブリーフ一丁で気絶した内閣総理大臣もいるのだ。

カオスすぎんだろ、この状況！

だが、まずはあの棒だ。あいつを静めて取り押さえることが急務だ。

ガシャンガシャンとまた子を追う棒は、異様ではあるがそれほど素早いわけではない。また子も気味悪がってはいるが、フットワークもスピードもまた子のほうが上なので、両者の距離はだんだん広がっている。

あの棒のスピードなら、全員で組みついて押し倒せば、なんとか捕獲《ほかく》できるのでは……と、銀八が考えた時だ。棒が動きを変えた。

ぴょんと跳ねた棒が、ガシャンと着地せず、空中で横向き——つまり水平になったのだ。

「え……？」

そして地面から一メートルほどのところで水平になった棒は、まるでエンジンをふかすように全身をひと揺すりすると、また子の背中めがけてギュンッ——と、飛んでいった。

「おい、アイツ飛べんのかよ⁉」

銀八の叫びに、

「ギィヤァァァァ！」

また子の悲鳴が重なった。

ぐるぐると屋上を逃げ回るまた子が、進路を変えて銀八たちのほうへ来たことは責《せ》められないだろう。得体《えたい》の知れない棒が自分を追って飛んできているのだ。仲間のいるほうへ逃げたくなるのは人情だ。だが、向かってこられた銀八たちも、それはそれで恐怖だ。

「ちょ、ちょ！　こっち来んのかよ！」

突進してくるまた子をかわすように銀八たちは散開《さんかい》した。

が、反応が遅れたのは、総理の体を支える武市と似蔵だった。それぞれ一人だったら反応できただろうが、今は真ん中に総理の体を挟んでいる。立《た》ち尽《つ》くす二人のうち、思わずといった感じで総理から手を離して脇に跳《と》んだのは武市が先だった。その武市と総理の間を、また子は駆け抜けていった。で、そのあとだ。

武市の支えがなくなったことで、ぐらりと総理の半身が前に傾いた。武市は反射的に総理の体を掴もうとしたのだが、裸《はだか》の体はうまく掴めず、結果武市の両手が掴んだものは、総理のブリーフだった。

ブリーフの腰の部分がグインと伸び、不幸《ミラクル》はその直後に起きた。

ブリーフのグインと伸びた部分に、エロ棒の先端が突っ込んできたのである。エロ棒は総理のブリーフを先端に引っかけたまま――それはつまり総理を引っかけたまま、また子を追ってすっ飛んでいったのだ。

「おいィィィィ！　総理も飛んでっちゃったけどォォォォォ!?」

銀八の長い絶叫が響くなか、逃げるまた子はめまぐるしく走る方向を変え、それを追うエロ棒も激しく動き回る。それによってブリーフでつながれた総理も、憐《あわ》れなほど翻弄《ほんろう》されている。

「坂田先生、大丈夫なのかこれは!?」うろたえまくるハタ校長に、

「いや、大丈夫なわけねーだろ、あの状況が！」銀八はここに至《いた》って言い繕うことを放棄《ほうき》したのだった。「見ろよ、あれ！　総理、ぶらんぶらんになって、なんだったらもう、総理が団旗みてえになってんだぞ!?　どーすんの!?　総理にはもう団旗として生きていってもらうの!?」

すると坂本が言う。「銀八！　さすがに総理を団旗にはできん！　国会に空白が生じるきのう！」

「そんな理由!?」

銀八がつっこんだ、その時だった。

「お、おおっ!?　こ、これは、一体、どういう――」

聞こえたのは総理の声だった。激しく振り回されるうちに目を覚《さ》ましたのだ。

そこへ高杉が声をかけた。

「落ち着け、総理！」

「いや、無理だろ絶対！」すかさず銀八はつっこむ。「目ぇ開けたら、変な棒にブリーフ引っ張られて空飛んでんだぞ！　落ち着けるわけねーだろ！」

だが、高杉はかまわず続けた。

「総理！　その棒は発情したエロい棒だ！　また子を追い回してる！　アンタが止めるんだ！」

「わ、私が!?」

「そうだ！　アンタ、客人として帰るつもりはねえと言ったな!?　だったら万事部として、アンタがその棒を止めてみせろ！」

「待て待て、高杉！　おめー無茶《むちゃ》ぶりにもほどが――」

と、言いかけた銀八だったが、そこに総理の声がかぶさった。

「わかった！　私が止めてみせよう！」

「そーなの!?」

どっからくんだよ、その自信、という言葉を銀八は飲み込んだ。

激しく振り回されている総理の目に光が宿っているのだ。

と、次の瞬間だった。

総理はブリーフをはいたまま、そのブリーフを手綱《たづな》のように握ると、ひらりと棒に飛び乗った。細い棒の上に器用に立ち、バランスをとりながら乗りこなすその姿はウェイクボーダーさながらであった。

「ええい！　静まれェい！」

総理がエロ棒を一喝《いっかつ》する。が、それでおとなしくなるエロ棒ではなかった。ブリーフ男を振り落とそうとするように、上下左右に暴れだしたのだ。

が、総理は落ちず、さらに大喝《だいかつ》した。

「おのれ！　清き学《まな》び舎《や》で劣情《れつじょう》を催した挙句《あげく》、かような乱暴狼藉《ろうぜき》とは不届《ふとど》き千万《せんばん》！　貴様《きさま》にはこれを食らわせてやろう！」

これって何？　と思う銀八たちの眼前で、総理は次の行動に出た。

ブリーフの手綱を握ったまま、そのブリーフを脱《ぬ》ぎだしたのだ。

え、脱ぐの!?　てか、脱げんの!?　その状態で。でも、脱げたのだった。

ブリーフ一丁の総理が、そのブリーフを脱ぐということは、必然的に総理のチン――もとい『さびしん坊総理』が露《あらわ》になってしまうということなのだが、そこは団旗のマントが目隠しになってくれた。

　で、脱いだあと、である。

「はっ！」と、気合の声を発すると、総理は立っていたエロ棒にガッツリとまたがった。

　それにより、総理の『さびしん坊総理』がダイレクトにエロ棒と触れ合うことになった。

「くっ！」と、もれた総理の声は、『さびしん坊総理』が鉄パイプの冷たさを感じたせいだろう。

「いや、『くっ！』じゃねーよ！」

　銀八はつっこんだが、『ダイレクトさびしん坊』の効果はてきめんだった！

　女に触れられると喜ぶ棒だ。男のナニが触れれば消沈《しょうちん》するのが道理。さっきまで暴れ回っていたエロ棒が嘘《うそ》のように制止していた。

　エロ棒が、ただの旗棒に戻り、ガランと地に落ちた。総理はスタッと着地する。

　転がった旗棒を一瞥《いちべつ》し、少し離れたところでホッと息をつくまた子を見てから、総理は銀八たちのほうに向き直った。

　そして、キリリとした顔と声で告《つ》げる。

「成敗《せいばい》」

おおー！　ではなく、お、おお……。という感じだった。

総理の身のこなしには感心したが、戦い終わった総理は、裸に団旗という格好なのだ。

今ここでは英雄でも、町に出れば即逮捕である。

どうコメントしたらいいものか、銀八が言葉を発せずにいると、高杉が一歩前に出た。

「いい働きだったぜ、総理」

総理はかぶりを振った。「必死だった。万事部として、なんとか人の役に立ちたい一心だった」

「体験入部だけにしとくにゃ、もったいない人材だな」高杉がふっと笑った。

「いや、その言葉こそ、私にはもったいない」

総理は高杉に頷き返すと、晴れやかな顔を一同に向けた。

「それにしても、万事部とは実にやりがいのあるクラブだな。——さあ、次はいったいどんな依頼だろうな」

「あ、じゃあ、依頼していいですか？」

と、挙手《きよしゅ》したのは銀八だった。

「うむ。そなたの依頼は何だ？」

「もう……お帰りください」

第四講

情けは人の為ならず

1

また子《こ》の足取りは軽かった。コンビニから学校に戻る途中である。

放課後、というより、正確に言うなら今は帰りのショートホームルームが行なわれている時間なのだが、それをサボって、コンビニに買い物に行ってきたところなのだった。学校の購買部や自販機では売っていないジュースを買いたかったのである。

サボりや遅刻のペナルティーとして万事部《よろずぶ》をやっている身でありながら、学校を抜け出して買い物に行くなんて矛盾《むじゅん》してる、とは自分でも思うが、これぐらいは大目に見てほしいという気持ちもあった。

だって私、万事部頑張《がんば》ってるっスから。というのがまた子の言い分である。

足取りが軽いのは、その万事部のことを考えているせいだった。

ここのところ、毎日何かしらの依頼がある。万事部を始めた当初は、ヤンキーのやる人助けのクラブに依頼など来るのだろうか、と、また子たちも半信半疑だったが、いくつか依頼をこなすうちに、徐々に依頼は増え、最近は連日何かの依頼に応《こた》えている状況だった。

一日二件の依頼をこなすこともあり、そういう時、やはり体は疲れるのだが、それは心地よい疲労というやつだった。充実感があるせいで、苦にはならない。

でも今日《きょう》で、とまた子は思う。一か月か……。

思いがそこに向くと、また子は複雑な心境になるのだった。

もともと、一か月の校内奉仕活動を命じられた高杉《たかすぎ》が、だったらそれをクラブ活動のスタイルでやらせてくれと提案し、了承を得て発足したのが「万事部」だった。

今日までに、派手な依頼、地味な依頼、大きな依頼、小さな依頼、いろいろあった。正直なところ、内容によっては面倒《めんどう》だなと思った依頼もある。だが、振り返ってみるに、また子にとって万事部の活動は総じて楽しいものだった。

デビュー戦とも言えるプール掃除《そうじ》では、巨大なスライムと戦う羽目《はめ》になったし、屋上で応援団の旗棒に追い回されるようなこともあったが、結果どのケースもなんとかなった。いろいろあったけど、私は元気です、という感じだった。

今日で終わりか、と思うと、解放感もあるが、やはり一抹《いちまつ》の寂《さび》しさもあった。

万事部の看板を下《お》ろすからといって、高杉一派がバラバラになるわけではない。また子たちは、明日《あす》以降も、あのプレハブ小屋に集まるだろうし、関係に変化はないだろう。

……いや、変化はすでにあったのかもしれない。

この一か月、メンバー五人で一つの依頼に応えるというのを繰《く》り返《かえ》したことで、万事部

を始める前よりも今のほうが、メンバー間の絆《きずな》が深まったような気がしていた。むろん照れくさいから、メンバーの前で口に出してそういうことは言わないけれど。

今日も、とまた子は思うのだった。何か依頼が来ればいいな……。

派手なやつじゃなくていいから、何か依頼があってほしかった。何か一つ依頼を片付けてから、万事部に幕を引ければいいな……。

ぎゃあ――というカラスの鳴き声が突然聞こえて、また子はびくりと足を止めた。

見上げると、電線にカラスが一羽とまっていた。薄曇《うすぐも》りの空を背負《せお》ったその黒い鳥が、一度また子のほうを見た気がした。が、カラスはすぐに飛び立っていった。

また子は小さく息をつくと、歩きだそうとした。

じゃり、という足音がし、前に立ちふさがる者がいた。

薄墨色《うすずみいろ》の学ランを着たリーゼントの男が二人――天照院高校《てんしょういん》の生徒だった。

また子は息を吸い込んだ。幸せな回想にゆるんでいた口元が引《ひ》き締《し》められた。

じゃり、という音が背後からも。さっとそちらに視線を飛ばすと、後方にも二人、天照院の生徒がいた。

緊張感が一気に膨《ふく》らみ、息苦しくなった。

二週間ほど前――文芸部の依頼の時のことを思い出す。

あの日の襲撃以降、また子は登下校中、それなりに注意を払っていたつもりだった。なるべく万事部のメンバーと行動し、それができない時も、ひとけのない道は避けるようにしていた。そのせいもあってか、前回の襲撃以降、身辺に天照院高校の影を感じることはなかった。

だが、今日は油断《ゆだん》があった。今、こうやって前後を挟《はさ》まれた以上、それは認めなければならない。

二週間無事だったことに加《くわ》え、万事部の活動が充実していた。いつのまにか気持ちに緩《ゆる》みが生じ、学校を抜け出して、一人でコンビニに行ってしまった。辺《あた》りに通行人はおらず、だから敵も行動を起こしたのだろう。

前回はうまくまくことができたが、あれは高杉と山崎《やまざき》が一瞬の隙《すき》をついて離脱し、それにより敵を分散できたことも大きい。が、今日は、また子一人でなんとかするしかない。

「何の用スか」また子は相手をにらみつけた。「また追いかけっこでもしたいんスか?」

だが、相手の返事はあの時と同じ。無言。

また子は視線をあちこちに飛ばし、逃走ルートを探ろうとした。

二人並んだ相手の左を抜けていこうか、それとも身を翻《ひるがえ》して意表をつくか——考えを巡《めぐ》らせるまた子の眼前に、突然前方の一人が踏み込んできた。

予備動作のない一瞬の踏み込みに、また子は驚愕《きょうがく》した。直後、腹に当て身をくらい、また子は意識を失った。手から、コンビニのレジ袋が落ちる。

がくりと崩《くず》れかけたまた子の体を、男たちが素早《すばや》く抱《かか》え上《あ》げた。

いずことも知れず四人の男たちは走り去る。

そこに、ひらり、と空から舞い落ちてきたのは、カラスの黒い羽だった。


「……遅いですね、また子さん」

万事部の部室で、武市《たけち》が言った。

「女の買い物は長いからねェ」と、にやつくのは似蔵《にぞう》だ。

万斉《ばんさい》は椅子《いす》に腰掛けて、ギターのチューニングをしている。

一人がけのソファに座した高杉の手の中で、スマホが振動したのは、その時だった。

高杉はスマホに目を落とした。その目が、きゅっと細くなった。

短い文面のメールが一通届いていた。差出人は、来島《きじま》また子。

メールには、写真も一枚添付《てんぷ》されている。

縛《しば》られた、また子の写真だった。

2

チャイムが鳴り、教卓の銀八《ぎんぱち》が言った。

「よーし、今日はもうだりぃから、終わりのホームルームはナシなー。んじゃ、日直《にっちょく》号令」

「あ、あの、先生！」

さっさと帰ろうとする白髪《しらが》の担任を、挙手《きょしゅ》して呼び止めたのは志村新八《しむらしんぱち》だった。

「んだ、ぱっつぁん。実写映画第二弾の告知なら手短《てみじか》に頼むぞ」

「いや、そーじゃなくて！」と、新八はつっこんでから、「そりゃ『銀魂《ぎんたま》』の実写映画第二弾は八月十七日よりロードショーになりますけど！　前作のＤＶＤ＆ブルーレイ＆ノベライズも好評発売中ですけど！　僕が言いたいのはそれじゃなくてですね」

「なんか、さり気《げ》にボケ混《ま》ぜてくるところがムカつくアル」

という神楽《かぐら》の毒舌に、「う」となりながらも、新八は本来言いたかったことを続けた。

「あの、高杉さんたちの万事部、今日で最後なんですよね？」

「ん？　ああ、そーいや今日で一か月だっけか？」銀八は首をかしげる。「てか、それが何？」

「いや、最後なら、なんていうか、ご苦労様的なことを言ってあげてもいいかなと思って……。だってほら、クラスメートが、一か月間奉仕《ほうし》活動を頑張ったわけですから」

一か月限定の人助け、高杉一派の「万事部」。ぶっ飛んだこと、カオスなこともやらかしたと聞いているが、彼らの働きぶりは、おおむね好評だったということも聞いている。

相変《あいか》わらず、遅刻したり、授業をサボったりということはある彼らだけれど、この一か月、少なくとも万事部の活動はやり通したのだ。

ならば一言《ひとこと》くらい労《ねぎら》いの言葉をかけても、と新八は思ったのだが、しかしアンニュイな担任はこう言う。

「別によくね？　そんなの言わなくても。てか、言おうにも、あいつら今いねーじゃん、教室《ここ》に」

「まあ、そうですけど」と、新八は教室後方にある五つの空席をちらりと見る。「だったら誰かが代表で部室に行って――」

「それによ」と銀八が新八の声にかぶせる。「万事部って、そもそもあいつらに与えられたペナルティーだから。それを完走したからって、ご苦労様ってのは、ちょっと違うんじゃねーか？」

と、言われると、新八も黙るしかなかった。銀八の言葉は冷淡だとも感じられたが、正論でもある。

「ま、言いたい奴《やつ》は個人的に労っとけばいいんじゃねーか?」と、話をまとめ、「んじゃ、改めて日直号令」と銀八が続けた時だった。

「なにっ!?　来島また子が!?」と声を上げた生徒がいた。

見ると、東城歩《とうじょうあゆむ》がスマホを手にして険《けわ》しい顔つきをしていた。

挙手して、東城が言う。

「先生、来島また子が今、危険な状態にあるかもしれません!」

「はあ?　なんだよ、やぶからぼうに」銀八が片眉《かたまゆ》を上げた。「つーか、なんでお前にそんなことがわかるんだよ」

「実は私、若《わか》の動向を探《さぐ》るために、町のあちこちに密偵《みってい》を放っているのですが、その密偵から、今、不穏《ふおん》なメールが届いたのです」

「うん、不穏て言うなら、お前も十分不穏だよね」銀八が冷静につっこむ。「高校生設定なのに密偵放ってるってどーゆーことよ」

「柳生《やぎゅう》家にお仕《つか》えする私の立場上、しかたのないことなんですよ」東城が言う。「若が町を歩いていて変な男にからまれないか、車の事故に遭《あ》わないか。そして、どんな店に入り、どんなものを買ったのか、たとえばクレープ屋さんなら、どんなクレープで、包み紙はど

このゴミ箱に捨てたのか、唇《くちびる》の端《はし》にチョコレートはついたのか、そういうことに逐一《ちくいち》目を光らせるために密偵を放っているのです」

「いや、気持ちわりーわ！　後半ほぼお前のストーカー的興味じゃねーか！」

銀八がつっこみ、若——柳生九兵衛《きゆうべえ》は東城をにらみつける。

「東城、貴様《きさま》、そんなことをしていたのか……！」

「や、九兵衛さん、落ち着いて！」新八はなだめてから、東城に続ける。「てか、東城さん、その密偵からの不穏なメールって、何が書いてあったんですか？」

「ああ、それなんだが……」東城は言った。「ついさっき、来島また子が、天照院高校の生徒らによって、町はずれの廃工場に運ばれていくところが目撃されたらしい」

「また子が!?」

銀八が声を上げた。

3

「ついさっき、来島また子が、天照院高校の生徒らによって、町はずれの廃工場に運ばれていくところが目撃されたらしい」

「また子が!?」銀八が声を上げた。「それホントか!?」

「や、すいません」と新八がまた挙手して止める。「なんで前パートの最後のセリフをもう一度繰り返したんですか？」

「なんでって、よく漫画とかであるじゃん。前号のラストシーンを、頭でもう一回見せるって演出。あれやってみたくて」しれっと銀八が言う。

「いや、やらなくていいんですよ！　誤植《ごしょく》かと思ったでしょ！　すげー時間のムダ！」

「うるせーな。だったらお前も止めずにスルーしろよ。このやりとりの時間がもったいねーわ」

「ひでえ！」

　という新八の叫びはスルーされ、話は続く。

「天照院が来島また子をさらったってことは――」腕組みをして言うのは土方《ひじかた》だった。

「狙《ねら》いは高杉ってことか」

「返してほしけりゃ廃工場まで来い……」あとを引き取って沖田《おきた》が言う。

「ちょ、それって、高杉さんたちはもう知ってるんですかね!?」新八が聞くと、

「それはわからねーが、いずれは知ることになるだろうな。あるいは……」土方が言った。

「もう助けに向かっている可能性も……」

新八はごくりと唾《つば》を飲み、また高杉たちの席を見やった。

土方が続ける「しかし、天照院とはまた厄介《やっかい》な相手だ。あそこは生徒数が尋常《じんじょう》じゃなく多い……だけじゃねえ、一人ひとりが相当ツエーって聞く。あいつらが四人で天照院のいるところに行ったとすりゃあ、夜兎工《やとこう》が百人規模で攻《せ》めてきた時よりもやべえことになるだろうな。ことによると、相手は五百人……」

「ご、五百って……！」新八は青ざめた。

山崎も怯《おび》えの混じった声で言う。「天照院《あいつら》、マジでやばいっすよ！　俺、あいつらに追いかけられたことあるんですけどスゲーしつけーし、スゲー無気味《ぶきみ》なんすよ！」

近藤が言った。「先生！　高杉たちを止めに行ったほうがいいんじゃないっすか!?」

今井《いまい》信女《のぶめ》も言う。「あの人たちが廃工場に行けば、天照院に痛めつけられるだけじゃない。他校と乱闘騒ぎを起こしたことで、今度こそ退学でしょうね」

「退学!?」新八は声を上げた。「そ、そんなの——」

あんまりだ、と思った。せっかく今日まで——奉仕期間最終日の今日まで、万事部として頑張ってきた高杉さんたちが、退学なんて……。

「ぼ、僕、万事部の部室見てきます！」

新八は言って、教室を駆け出した。銀八の許可を得ようという考えはなかった。体が勝手に動いていた。

「俺たちも行くぞ！」と、近藤《こんどう》も席を立った。「あいつらを廃工場に行かせるわけにはいかねえ！」

「委員長、それって……」沖田が言う。「校内秩序の維持、生徒指導の観点から、ですかイ？」

「そんな難《むずか》しい話じゃねえ」近藤はキッと沖田を見た。「ダチ公を助ける、それだけの話だ！」

近藤が教室を出、土方と沖田、さらには他の風紀委員も続いた。

「やれやれ……」

新八と風紀委員会が飛び出して行った戸口を見て、銀八は肩をすくめた。

「変われば変わるもんだね……」

4

体育館の裏手に回り込み、プレハブ小屋を視界におさめた時、新八はホッとした。

小屋の前に、高杉たちの姿が見えたのだ。よかった。まだ出発していなかったようだ。

それとも、まだまた子の状況を知らないとか……？

「高杉さん！」

バタバタと駆けつけた新八と風紀委員たちを見て、高杉は露骨《ろこつ》に舌打ちした。

「チッ……モタモタしてたせいで、めんどくせーのが来やがった」

高杉のその口ぶりから、すでに天照院側からのアクションはあったようだ。

「また子さんを助けに廃工場に行くつもりですか？」

新八が聞くと、高杉はイエスともノーとも言わず、「なんでおめーらがそれを知ってんだ？」と聞く。

「いや、東城さんの、その、情報網で……」

という答え方をしておいた。高杉はそれ以上突っ込んだ質問はしてこず、こう言った。

「ただでさえ少ねえ部員だ。返してもらわにゃなるめぇよ」

「勝ち目はねえぞ」と言ったのは土方だ。「相手は天照院。助けるどころか、お前ら全員半殺しだ」

「半殺しが嫌《いや》だから、見殺しにしろと？　冗談」万斉が鼻を鳴らした。

「俺は暴れさせてもらえるなら、どんな理由でも歓迎だがねェ」似蔵も不敵に笑う。

「行かせるわけにはいかんな」と、前に出たのは近藤だった。「風紀委員としても、そして同じ3Z《ずぃー》としても言う！　お前たちが天照院のもとへ行くことは許さん！」

「ぼ、僕もです！」新八も続けた。「だって、すごい強い連中なんでしょ!?　それに、行って喧嘩《けんか》になったら、高杉さんたち、退学になるかもしれないんですよ!?」

「泣けてくるじゃねーか」高杉は冷笑を浮かべると、後ろにいた武市に続けた。「よかったな、武市。お前の援軍《えんぐん》がこんなに来てくれたぞ」

「援軍？」と新八が訝《いぶか》る。

　武市が言った。「私も、晋助殿《しんすけどの》は廃工場に行くべきではないと思っています。あまりに無謀《むぼう》すぎる」

「だったら、お前は部室で留守番でもしてろよ」高杉は言った。「今日はまだ万事部の営業期間なんだ。依頼人が来るかもしれねーからな」

「いや、おめーも留守番だ、高杉」という声が、新八たちの背後から聞こえた。

　振り返ると、銀八がサンダルを鳴らしてこちらに向かってくるところだった。銀八の後ろには、３Ｚ《ずぃー》のメンバーたちもついてきている。

「廃工場には行かせねーよ」

「おいおい、クラス全員で俺の邪魔《じゃま》かよ」高杉がかぶりを振った。「こうなってくると、泣けるの通り越してムカっ腹立ってくるぜ」

「なんとでも言え。……まあ、本編《むこう》なら、おめーらがどこで誰にぶちのめされようと知ったこっちゃねーけどよ、小説《こっち》じゃそうもいかねーんだ。俺ぁ3Zの担任《ずいー》で、おまけに万事部の顧問《こもん》ってことになってんだ。てめーらが天照院とバトルでもすりゃあ、担任と顧問、ダブルで監督不行き届きっつーことで、理事長《ババア》に何言われるかわかったもんじゃねえ」

「俺たちをここに足止めしたら、また子はどうなる?」高杉が冷《ひ》えた声で言った。「教え子の喧嘩は阻止《そし》したが、その裏で教え子を一人見殺しにしましたってんじゃ、何やってんだかわかりゃしねーだろ」

「見殺しにはしねえよ。手は打つさ。お巡《まわ》りさんに通報するなり、なんなりな」銀八は言った。「なんだったら総理大臣《そうりだいじん》に告げ口するっていう手もあるぞ」

「バカか、てめーは」高杉が吐き捨てた。「今日はそれでなんとかなったとしても、これから先はどうする? 何かあるたびに総理大臣呼ぶ気か?」

バカと言われた銀八は、カチンときて、「バ、バカって言うほうがバカだもんね! バーカ! バーカ!」

すると高杉も、「今お前も俺のことバカって言ったじゃねーか。つまり、お前もバカ」

「あーっ! こいつ今『お前もバカ』つった!『も』ってことは、自分もバカだって認めてることじゃん! バーカ!」

「うるせー、バーカ」

「んだと、このバーカ」

「もういいですよ！　今のところ二人ともバカにしか見えませんから！」

新八がつっこみ、ひとまずバカの押し付け合いは終わる。

高杉が改めて言う。

「奴らの狙いは俺なんだ。俺が行って、決着つけるしかねーんだよ」

「賛成しかねます」と、そこへ武市が言う。「晋助殿、もう少し冷静になってください。無策《むさく》で飛び込んでも勝ち目はない。しかも、私が調べたところによると、今の天照院の番長は朧《おぼろ》という男。この男、並の強さではないそうです。あなたと匹敵《ひってき》するか、あるいはそれ以上という噂《うわさ》も――」

「だから？」高杉は武市をにらんだ。「その話を聞いて、俺の気が変わるとでも？　だいたい、無謀だ無策だ言うなら、てめーには何か策があんのかよ」

「あります」武市がきっぱりと頷《うなず》いた。

「…………」高杉が黙《だま》る。

「ほう」と言ったのは銀八だった。「興味深《ぶけ》えな。どんな策だ」

「廃工場には行きます。しかし、戦うことはしません」

武市が言った。

5

「興味深《ぶけ》えな。どんな策だ」銀八が言った。

「廃工場には行きます。しかし、戦うことはしません」

「いや、もういいわ、その演出！」新八がつっこむ。「何回やる気ですか」

気を取り直して、武市が続ける。

「衆寡敵《しゅうかてき》せず。数が多いほうが有利なのは間違いありません。いかに晋助殿が強くとも、雲霞《うんか》の如《ごと》く集まっているであろう天照院の生徒には勝てない。よって、私たちの兵の数も増《ふ》やし、兵力を拮抗《きっこう》させせます」

「数を増やすって、それ！」と、やにわに声を上げたのは、猿飛《さるとび》あやめ——さっちゃんである。「先生と私がたくさん子どもを作るってこと!?」

「いや、そのボケ、前作でもやっただろーが！」銀八がつっこむ。「つーか、いたのかよ、メス豚《ぶた》！」

発情《はつじょう》するさっちゃんを無視して、土方が聞く。

「兵力を拮抗させるっつってもよ、どうやってやるんだ？　それに、お前はさっき、廃工場には行くが、戦わないと言ったな？　わざわざ兵力を拮抗させたのに戦わないってのは、どういうことだよ」

「あとの質問のほうから答えましょう」武市が言った。「お互いの兵力が同じになれば、交渉《こうしょう》ができます。このまま戦っても長期戦になり、お互いに益《えき》がない、だから双方《そうほう》とも退《ひ》くのが最良の選択だ、という方向に局面を持っていけます。そのためには互いの兵力が拮抗していることが大前提です」

「なるほど」と土方。「で、改めて最初の質問だ。どうやって拮抗させる？」

「敵が雲霞の如く集まっているなら……」と話しだしたのは近藤だ。「こっちは、うん●でも投げて敵を分散させるか？　フッ、まさかな」

「フッ、まさかな、じゃねーよ！」土方がイラっとしてつっこむ。「策士風《さくしふう》の顔で『うん●』とか言うのやめてくれる？　こっちすごい大事な話してるから」

そこへ沖田が言う。「だったらこっちは、土方さんを真《ま》っ二《ぷた》つに分散して人数を増やすか？」

「いや、俺を割っても二人にはなんねーんだよ！　つーか、どうやって割る気だ！」

「フッ、まさかり」

「まさかり!?　まさかりで割るの!?」

「他の勢力と同盟を結びます」と、武市が言った。

「同盟!?」新八たちが声を上げる。

頷いて武市が続ける。「天照院の兵数は膨大《ぼうだい》です。対して我々は四人。ここに、仮にですが3Z《ずぃー》の皆さんを加えさせていただいたとしても、兵力差《へいりょくさ》はいかんともしがたい。よって他の勢力と同盟を組み、連合軍を組織することによって兵力差を埋《う》めます」

「他の勢力って、バカ兄貴のいるところアルか?」

神楽《かぐら》が言ったが、武市は首を横に振る。

「夜兎工と手を組むのは現実的ではありません。あそこの番長、神威《かむい》は隙あらば晋助殿を倒したいと思っている人物ですから」

「だったらどこだ?」

土方が促《うなが》すと、武市は答えた。

「同盟相手の候補は、二つ。まず一つは、春雨《はるさめ》高校にいる『三凶星《さんきょうせい》グループ』。それから、こちらは暴走族ですが、『チーム辰羅《しんら》』。……春雨高校と高杉一派《われわれ》は過去に一度、衝突しかけたことがありますが、相手は末端のグループでしたし、直接やり合ってはいないので遺恨にはなっていません。三凶星と辰羅、この二勢力と同盟を組むことができれば、天照院に対し、休戦、双方撤退《てったい》の利を説《と》くことができると思います」

武市は言葉を切ると、高杉に目を向けた。

息を一つ吐き、高杉は言った。

「同盟か……」

「お気に召《め》しませんか？」

「いや」と、高杉は小さく首を振る。「上等な策だ。また子を取り返すという実利を考えるなら、その案が一番現実的だろう」

武市は、わかっていただけましたか、というふうに頷くと、銀八に視線を向けた。

「先生、いかがでしょう？　三凶星と辰羅に使いを出して、同盟を持ちかける。同盟が成《な》れば、ともに廃工場に向かい、天照院側と交渉する」

「や、いいけどよ……」銀八はいつのまにか近くにあった古タイヤに腰を下ろして、煙草《たばこ》を吹かしていた。「ほんとに組めんのか、その同盟。すげーおっかねえ連中なんだろ？」

「弱い勢力と組んでも意味はありませんから」武市が冷静に言う。「そして、強さという点では、両勢力とも無類です」

今挙《あ》がっている二つの勢力については、新八もある程度は知っていた。

三凶星グループは、複数の番長が並び立つ春雨高校のなかにあって、トップスリーと謳《うた》

われる、三つの番長グループの総称だ。チーム辰羅は統率《とうそつ》のとれた暴走族で、その構成員の多さと残虐《ざんぎやく》ぶりは音に聞こえていた。両勢力とも強さは無類。それは確かにそうだろうが……。

「すんなり同盟を組んでくれるか、だな、問題は」土方が言った。

そう、そこだ。遺恨《いこん》はないと言っても……。

土方が続ける。「同盟組んでください、はい、わかりました……ってわけにはいかねえだろうな、おそらく」

「見返り、手土産《てみやげ》のようなものが必要だと？」顎《あご》に手をやり、武市が言う。

「まあ、手ぶらじゃダメだろうな」と、銀八が煙を吐く。「向こうさんにもメリットがねえとよ。何が悲しくて銀魂《ぎんたま》高校のボンボンヤンキーと手ぇ組まなきゃなんねえんだっつー話だから」

担任の嫌味《いやみ》に、高杉はチッと舌打ちしたが、言い返すことはしなかった。

新八が言った。

「だ、だったら、早く決めちゃいましょうよ！　その、見返りっていうか、手土産を何にするか！　あ、そうだ高杉さん！」

と、新八は高杉に顔を向ける。

「その廃工場には何時までに来いとか言われてるんですか？」

「六時だ」

「六時⁉　なら急がないと！」新八は校舎の壁にある時計に目をやって言う。あと二時間しかないのだ。「はい、手土産何にします⁉　同盟結んでくれそうな手土産！」

するとお妙《たえ》が言う。「手土産なら、私の料理を折詰《おりづめ》にして……」

「いや、絶対だめでしょ、それ！　同盟どころか敵に回しちゃいますよ！　あと、料理してる時間ももったいないし！」

「それなら、卵かけごはんが簡単でいいアル！」

「いや神楽ちゃん、ヤンキーに渡す手土産に、卵かけごはんは……」

「なら、納豆《なっとう》ごはんはどう⁉」と、さっちゃんが納豆をかきまぜながら言う。「同盟が納豆の糸みたいに長ーく続くように！」

「うるせーよ！　それ言いたいだけだろ！」

「お前ら、真面目《まじめ》に考えてんのか」土方の鋭い声だった。「こういう時は、土方スペシャル一択《いったく》だろーが！」

「いや、一択なのアンタだけ！　てか、なんでみんなごはん物なんですか！」

「だったらよ」と言うのは長谷川《はせがわ》だった。「サングラスとかどうだ？　ヤンキーって、サ

ングラス好きそうじゃん」

「あ」と新八は手を叩《たた》く。サングラス。「いいじゃないですか、それ！」

「だろ？　つーことで、手土産はサングラスかけごはんに決まり！」

「いや、ごはんいらねーから！　なんでかけちゃうんですか、ごはんにサングラスを！」

「一瞬海苔《のり》かなと思って、かじったらサングラスだった、みたいなサプライズを仕掛《しか》けられるだろ」

「まったくうれしくねーわ、そのサプライズ！」

と、つっこみつつも、新八は言う。

「あ、でも、ヤンキーが喜びそうな物っていうのは着眼点としてアリかもしれないですね！」

すると、銀八が手を挙げた。

「ヤンキーが喜ぶモンつったら、これだろ。メチャメチャ薄くした学生カバンと鏡付きエチケットブラシ」

「いや、ヤンキー持ってますけど、そういうの！」新八がつっこむ。「てか、そのヤンキー像、古くね!?」

そこへ沖田も言う。「先生、それならカバンに『BOØWY《ボウイ》』のステッカーも貼《は》らねェと」

「いや、アンタも古いな！　てか、若い読者、昔のヤンキー文化知りませんから！」

「やれやれ、『BOØWY《ボウイ》』とは。凡人《ぼんじん》の愚《おろ》かな意見は聞くだけ時間のムダですね」

と、言いだしたのはエリート、佐々木異三郎《ささきいさぶろう》だった。

「我々エリートは、こういう場合、同盟が合意に至《いた》る上で最適の物を手土産に選びます。ですから、『BOØWY《ボウイ》』じゃなくて、『GOØWY《ゴウイ》』のステッカーがよいかと」

「いや、さらに愚かな意見来たよ！　だいたい『GOØWY《ゴウイ》』って何!?　そんなバンドありましたっけ!?」

「私の妄想《もうそう》の中だけに存在するバンドです。ボーカルは木村《きむら》さんという人で、通称キムロック……」

「いや、いい！　いい！　『GOØWY《ゴウイ》』の詳細《しょうさい》な情報いりませんから！」

「ヤンキーに渡す手土産なら、シルバーアクセサリーとかはどう？」

そう提案したのは今井信女だった。

「あっ、シルバーアクセサリー！　いいじゃないですか！　たとえばどんな物がいいですかね？」

「そうね。メリケンサックと金属バットかしら」

「いや、喧嘩になるわ！　アクセサリーじゃねーしソレ！　ソレ持って乗り込んだら、交

渉の前に喧嘩になっちゃうでしょ！」

「まあ、ベタなところで言うなら、ウォレットチェーンか？」

と言って、沖田が持ち上げてみせたチェーンの先は、四《よ》つん這《ば》いになったさっちゃんの首輪とつながっていた。

「いや、財布《ウオレット》じゃなくてメス豚とつながってるよ！」

「シルバーアクセなら、ブレスレットもあるわよ」

と言って、さっちゃんが手錠を見せてくる。

「いや、ドMグッズもういらねーから！　シルバーの！　アクセサリー！」

「めんどくせーな」と、そこへ銀八が言う。「だったらもう、俺が今、ここの雑草を編《あ》んで作ったストラップにしとけよ。銀《シルバー》さんが作ったアクセサリー。略してシルバーアクセサリーっつーことで」

「いや、それ銀《シルバー》さんが作った、ただのゴミでしょ！」

「ヤンキーが喜ぶ物、という括《くく》りを一度忘れてはどうでしょう？」と言うのは武市だった。

「ヤンキーではなく、自分が欲しい物が何かを考えるんです。結局はそれが早道かと」

「自分が欲しい物……」

「というわけで、私が欲しい物は、ＪＣを……」

「いやストップ！　ストーップ！」新八は慌《あわ》てて武市の言葉を封じる。「あぶねーから、あんたの欲しいもんは！」

「何を慌《あわ》ててるんですか。ＪＣとは、ジャンプコミックスという意味ですよ」

「あ、そーなんすか」

「そうですよ。私が言いたかったのは、ジャンプコミックスを持った女子中学生の――」

「結果一緒じゃねーか！　絶対言うんじゃねーぞ、その先は！」

「拙者《せっしゃ》は新しいヘッドフォンが欲しいでござる！　だから、今晩ベッドに靴下ぶら下げておこうっと！」

「いや、おこうっとじゃねーよ！　なんで急にクリスマス気分!?」

「じゃあ俺は、土方さんのベッドに生乾《なまがわ》きの靴下ぶら下げておこうっと！」

「じゃあ俺は、その靴下でてめーの首絞《し》めてやろうっと！　メリークルシミマス！」

そこへ長谷川が言う。

「俺が欲しいのは……生きる意欲かな」

「急にどーしたんすか!?　サンタも困りますよ、そんなこと言われたら！　つーか今、サンタにお願いする物を発表する時間じゃないですからね！」

と、新八はつっこむのだが、３Ｚ《ずぃー》は止まらない。

「私が欲しいのは、銀八先生のギンギンになったアソ――」

「アソコって、どこのこと言ってんだあああ！」というさっちゃんへのツッコミは銀八。

「俺が欲しいのは、お妙さんの絶壁――」

「絶壁って、どこのこと言うとんじゃあああ！」という近藤へのパンチはお妙。

「私は酢昆布《すこんぶ》と卵かけごはん！」

「俺ぁ土方スペシャル一択だ」

「いや、ちょ、ちょ！　ストップ！　みなさんホント一回ストップで！」

ボケのつるべ打ちを制して、新八は辺りを見回した。重大なことに、たった今気づいたのだった。

「……てゆーか、高杉さん、いなくなってません!?」

新八の指摘に、みんなも「えっ」と周囲をきょろきょろと見回す。

いない。眼帯のカリスマヤンキーの姿が、いつのまにか見えなくなっているのだ。

「え、ちょ、どこ行ったんですか、あの人」

そこへ、エリザベスがプラカードを掲《かか》げて進み出た。

『高杉なら、一人で出ていったぞ』

「出ていった!?」新八は声を高くした。「てか、気づいたんなら言ってくださいよ！

……って言えねーのか、この人！」

そこへ、風紀委員の斉藤終《さいとうしまる》がスケッチブックを掲《かか》げて進み出た。

【グラサンかけごはんの辺りで、出ていったぞ】

「けっこう序盤《じょばん》じゃねーか！」というツッコミは銀八だった。「てか、気づいたんなら言えよ！……って、コイツも喋《しゃべ》らないキャラだったわ！」

斉藤はさらにスケッチブックをめくり、こう告《つ》げた。

【バイクの音がしたから、たぶんバイクで向かったのだろう】

「バイクで!?」新八は目をむく。

ここから廃工場までは、それなりに距離がある。時間短縮、体力温存を考えてそうしたのだろうが……。

そこへ、エリザベスが新《あら》たなプラカードを見せた。

『バイクのことは俺が伝えようとしてたのに、余計《よけい》なことすんな』

クレームをつけられた斉藤だが、負けずにスケッチブックで言い返す。

【どっちが伝えても同じだ。てゆーか早い者勝ちだ】

『てめー、でしゃばんじゃねーよ！』

というプラカードを見せたあと、エリザベスは斉藤に馬乗りになり、ゴッ、ガッ、と殴《なぐ》

り始めた。この二人の小競《こぜ》り合《あ》いは止めてもムダだとみんな知っているので、誰も制止はしない。

万斉が言う。「晋助の奴……無茶《むちゃ》なことを……」

「あるいは、最初からこうしたかったのかもしれませんね、晋助殿は」武市が言った。

「最初から？」と万斉。

「はい。万斉さんや似蔵さんも連れずに一人で……。また子さんがさらわれたのも、自分のせいだと思っているのでしょう。だから、自分一人でケリをつけるのが筋《すじ》だと、あの人は考えたのかもしれません」

「は、話してるより！」新八は言った。「とにかく行きましょうよ！　高杉さんを止めに！向こうはバイクなんだから急がないと！　——先生！」

と、新八は担任を見た。

銀八は頭をかくと言った。「ったく、世話の焼ける野郎だぜ！　——おめーら！　課外授業だ！　ボンボンヤンキー捕《つか》まえに行くぞ！」

担任の宣言に、「はいっ！」と返し、3Z《ずいー》が駆け出した。が、その足がすぐに止まる。体育館のかげで、一人の男——桂小太郎《かつらこたろう》が膝《ひざ》を抱えていたのである。

え？　と、立《た》ち尽《つ》くす3Z《ずいー》に、桂が言った。

「第三講の総理のエピソードの時……ずっとスタンバってました」

……と、言われても。

新八たちが言葉を継《つ》げないでいると、桂がくわっと目を怒《いか》らせて続けた。

「おかしいですよね!?　第三講で俺の出番がないのは！　だって本編じゃ俺は総理大臣なんですよ!?　小説《こっち》じゃ茂々《しげしげ》かもしれませんけど、それにしたって俺と二人でダブル総理ボケみたいなのできたと思うんです！　それなのに出番がないって、これどう考えてもおかしいと思うんです！」

言《い》い募《つの》る桂に向けて、銀八の返した答えは――顔面へのキックだった。

「知るかァァァァ!!」

6

手首に感じた微《かす》かな痛みが、覚醒《かくせい》の入り口だった。

目を、開《あ》けた。木製の椅子に座らされている。両手を背もたれの後ろに回され、紐《ひも》……いや、結束《けっそく》バンドのようなもので縛《しば》られている……。

視界と意識が、はっきりしていくにつれ、また子は自分の置かれている状況がわかって

きた。両足首が、そろえた状態で縛られ、腰の部分も紐で椅子と固定されて、立ち上がれない状態になっていた。下腹部に残る鈍痛《どんつう》は、当て身の名残《なごり》か……。

また子が今いる場所は、どこかの工場のようだった。学校のグラウンドほどの広さはあるだろうか。天井も相当《そうとう》高く、明かり取りの窓が数か所切られている。もう使われていない工場らしく、見える範囲に、機械の類《たぐい》はほとんどない。

見える範囲に、と断《ことわ》るのは、視界を遮《さえぎ》る壁があるからだった。人の壁である。

薄墨色の学ランを着た、リーゼントの男子生徒の集団——というより軍団。天照院高校の生徒たちが、また子に背を向ける格好《かっこう》で整列しているのだった。その数は、数百人はいようかと思われた。

右頬《みぎほお》に冷気のようなものを感じたのは、その時だった。

はっとしてそちらを見ると、予想以上に近い距離に男が一人立っていた。

薄墨色の学ランだが、髪型はリーゼントではなく、無造作《むぞうさ》に下ろされていた。その髪の色に、また子は一瞬担任を思い出した。白髪……いや、灰色と表現すべきだろうか、この男の髪は。

「あんた……天照院の、番長っスか?」

男がゆっくりとまた子に向き直った。

眼光は鋭い。だがそこに激しさはなく、静かな湖面《こめん》のようでもあった。怒り、悲しみ、どちらにもとれる色をたたえている。目の下に隈《くま》のようなものが浮かんでいるが、それが窶《やつ》れではなく凄《すご》みにつながっていた。

　男が言った。

「番長、首領、領袖《りょうしゅう》……呼称《こしょう》など何でもよい。要はここにいるカラスどもの束《たば》ね役だ。来島また子、貴様《きさま》がここにいることは、すでに高杉に伝えてある。じきに、奴はここに来るだろう」

「……晋助様を呼んで、どうするつもりっスか」

「知れたこと。苦痛を味わわせ、天照院《われわれ》に屈服《くっぷく》してもらう」

「もし……晋助様が、来なかったら？」

　それはまた子にとっても辛《つら》い想像だったが、高杉という男は、時にトリッキーな行動で敵味方《みかた》問わず煙《けむ》に巻くようなところがある。それが、高杉という男の強みでもあり、魅力でもあるのだが……。

　男が、感情のこもらない声で言う。

「高杉が来なければ、お前の体を、お前の学校に返却《へんきゃく》するまでだ。そしてまた、改めてあいつを狙う。狙う方法はいくらでもある。お前をエサにしたのは、それが一番簡単だと思

ったからだ」

すべてが退屈な段取りであるかのような口調だった。

遠くからバイクのエンジン音が響《ひび》いてきたのは、その時だった。

音は次第《しだい》に大きくなり、この工場の前でとまるのがわかった。

と、また子の前を塞《ふさ》いでいた薄墨色の分厚《ぶあつ》い壁が、さっと両脇《りょうわき》に分かれた。視界が開け、工場正面の入り口が見えた。また子のところから、二百メートルほど向こう、鋼鉄の扉が、今は開け放たれている。暮れかかる空をバックに、バイクにまたがる学ランの男が見えた。

男はバイクから降りると、ヘルメットを脱《ぬ》ぎ、ハンドルに引っかけた。

コンクリートの床を踏み、こちらに近づいてくる男――高杉を見て、また子は思わず涙ぐんだ。

来てもらえたことへの安堵《あんど》。おめおめと捕《つか》まってしまった自分のふがいなさ。これから始まるかもしれない残酷な出来事への漠《ばく》たる恐怖。いろんな感情がないまぜとなり、また子の瞳《ひとみ》を濡《ぬ》らしたのだ。

「晋助様……すいません!」

また子の叫びが、広大な工場内に一瞬響き渡った。

高杉はゆっくりとした歩調を変えず、こちらに近づいてくる。

その歩が止まったのは、また子との距離が二十メートルほどになった辺りだろうか。

高杉の表情――仔細《しさい》はわからないが、特段の険しさはないようだった。

足を止めた高杉を見て、灰色の髪の男が一歩前に出た。

「朧」と、高杉が言った。「……てのは、お前か」

朧……。今知った男の名を、また子は心で呟《つぶや》いた。

朧は何も返さない。

高杉は、左右に分かれた天照院の生徒たちを見てから、朧に視線を戻した。

「俺一人に、ずいぶんな歓迎っぷりだな。痛み入るぜ」

「痛みというなら――」と、朧が言った。「これから本当の痛みを味わわせてやろう」

高杉がフッと笑うのが聞こえた。

「天照院の親玉が、どういう心境の変化だ？　おめーらはお空でカアカア飛んでりゃ、それでよかったんじゃねーのかよ？　下界に降りてきて、不良《ゴミ》でもついばみたくなったか？」

「空から下界を眺《なが》めているとな、そこが実に醜《みにく》いことがわかったのだ。……銀魂《ぎんたま》高校、夜兎工、春雨高校、辰羅……それ以外にも数多《あまた》の不良《ゴミ》どもが、おのおのの色を主張し合っている。そこにあるのは不調和でグロテスクな絵だ。俺はそれを、単一の色に染めたくなったのだ。天照院という、ただ一つの色にな」

「ただ一つの色、ねえ」高杉がかぶりを振った。「不調和だろうが、グロテスクだろうが、いろんな色塗りたくった絵のほうが、俺には面白《おもしろ》く思えるがな。少なくとも、一つっきりの味気ねえ色で塗りつぶされた絵よりは」

「出来上がった絵を眺めるのは俺だ。お前らじゃない。上塗りされた『天照院』という色の下で、お前らは沈黙していればよいのだ」

「絵画談義をしに来たわけじゃねえ」高杉は、すっと右手を上げ、また子を指さした。「うちの部員、返してもらうぜ」

「部員……」朧が呟いた。「そうか。聞いているぞ。貴様、今、万事部などというものをやっているそうだな」

「今日で刑期は満了だがな」

「くだらぬことに手を染めたものだ。不良《ゴミ》が人助けとはな」

その瞬間、また子は反射的に怒鳴《どな》っていた。

「ア、アンタに、そんなこと言われる筋合《すじあ》いはないっスよ！」

くだらぬこと、というのは聞き捨てならない言葉だった。何も知らない、関係のない奴に、万事部の一か月を否定されるのは我慢がならなかった。

だが、

「黙ってろ」

と、冷ややかに告げたのは、高杉だった。

「つまらねえ問答してる暇があったら、とっととここを出るぞ」

そして、朧に向けて言った。

「そいつを――また子を放せ」

だが朧は言う。「まだだ。……言ったろう？　お前には本当の苦痛を味わわせると。女を返すのは、そのあとだ」

朧が何か合図を送ったのか、左右に分かれた生徒たちの中から、三人の生徒が高杉に向かって歩きだした。

高杉と二メートルほどの距離を置き、三人は立ち止まった。表情に昂《たか》ぶったところは見られない。主人の命に忠実に従うロボットのような印象だった。

「やれ」

朧が言った直後、三人が相前後《あい》して高杉に襲いかかった。

蹴《け》りと拳《こぶし》、放たれた攻撃のすべてを高杉はもろに浴びた。攻撃は間髪《かんはつ》いれずに続けられた。拳や蹴りが高杉の体に当たるたびに、嫌な音が短く響いた。

高杉は、攻撃をよける意志も、反撃する意志もないようだった。ただされるがままに、

敵の拳と蹴りを浴び続けた。

唇《くちびる》が切れ、鼻血が飛び、制服の上着は肩のところが破れ、ズボンも床の埃《ほこり》で汚れた。

そうなってもなお、高杉は無抵抗のままだった。

晋助様、どうして――という問いが愚問《ぐもん》であることは、また子自身すぐに気づいた。

抵抗したところで、天照院はこれだけの人数だ。今直接暴力を振るっている三人を倒したところで、すぐさま新鮮な兵が出てくるだけだろう。抵抗するだけ無駄《むだ》だと、高杉は悟《さと》っているのだ。

正視できず、また子は顔を伏《ふ》せた。それでも暴力が生む嫌な音は耳に流れこんできた。

自分のために、高杉は痛めつけられている。それを思うと、この世から消えてなくなりたいほどの自責《じせき》の念が込み上げてきた。

朧が小さく手を動かす気配があった。それにより、三人の攻撃が止んだ。

また子は顔を上げた。

三人が数歩退《しりぞ》くと、ぼろぼろになった高杉の姿が見えた。血と埃で汚れた顔で、高杉は不敵に笑っていた。

「……おい」と、高杉が言った。「いつなんだ？　本当の苦痛ってのは」

「心配するな」と、朧が言った。「これからだ」

朧が、左右を一瞥《いちべつ》した。

すると、新たに十数人の生徒が前に進み出た。彼らは散開し、高杉を取《と》り囲《かこ》んだ。

自分を取り囲む無慈悲《むじひ》な輪を見ながらも、高杉は薄笑いを浮かべたままだった。

朧が頷いた。

直後、高杉の背後にいた男が、両手を組み合わせ、それをハンマーのように高杉の後頭部に振り下ろした。

ぐらり、と高杉の体が前に傾いた。

「しん――！」

また子の叫びは途中で凍《こお》りついた。

7

廃工場を目指《めざ》して、新八たちは駆けていた。

「ほら、急げ！　時間がねーぞ！」

と、新八たちの横で声をかける銀八は、自分一人だけが自転車に乗っているのだった。

行くぞ！　と３Ｚ《ずぃー》に号令し、みんなで学校を飛び出したあと、銀八は一人だけ離脱し、

どこかからちゃっかり自転車を調達してきたのである。

「いや、ずるくないですか、先生、自分だけ！」新八はつっこんだが、走りながらなので、消耗《しょうもう》が激しい。

「バカヤロー。サンダルで走ってて転んでケガでもしたら、明日、ジャンプ買いに行けねーじゃねーか。ほら、いいから、走れ！」

腹が立ったが、もめている場合ではない。

新八たちは夕暮れのかぶき町《ちょう》を駆け抜け、町はずれへと入った。

巨大な廃工場の前に、バイクが一台とまっている。

「せ、先生、あれ！」

新八が指さすと、銀八も頷いた。

廃工場の入り口の扉は開いていた。新八たちは中に飛び込んだ。銀八は自転車をとめ、あとに続く。

構内はかなり広いが、蛍光灯《けいこうとう》の灯《あか》りがついており、暗くはなかった。

二百メートルほど先に、高杉の後ろ姿、その向こうに天照院高校の軍団と、椅子に縛られた、また子の姿。また子の傍《かたわ》らには、天照院の番長——朧と思《おぼ》しき男が立っている。

「高杉さん！」新八が叫び、

「晋助！」万斉も続いた。

「よう……」

と、振り返った高杉の顔を見て、新八はぎょっとした。眼帯はどこかに消え、顔中が血と埃でまだらに染まっていたのだ。立ってはいるが、体はふらふらと揺れ、肩で息をしている。激しい暴力の痕《あと》が、全身の到《いた》るところに刻《きざ》まれていた。それでも、高杉はいつもの不敵な笑《え》みを浮かべているのだった。

「大喜利《おおぎり》は、済《す》んだのかよ……？」その声は掠《かす》れていた。

高杉の気丈《きじょう》な振る舞いに、新八は胸が苦しくなった。

「晋助、なぜ一人で来たんだ。どうして一人で背負《しょ》いこもうとする」

万斉が言った。

「へっ」高杉は笑った。「カラスがついばみたかったのは、お前らじゃねえ、俺だ。俺が、一人で来れば、それで済む、話だ」

「万斉先輩！」また子が叫んだ。涙声になっている。「晋助様は、全然、抵抗せずに……ずっと……ずっと……コイツらに……」

「余計《よけい》なこと、言うな……」高杉が低い声で言った。

どくん、と、新八の心臓が強く打った。高杉が抵抗せず、一方的な暴力を受けた……。

胸に湧《わ》いた感情は、怒りだった。仲間を理不尽《りふじん》に痛めつけた、天照院高校への怒り。そして、その怒りは3Z全員《ずいー》に訪れたようだった。見えない炎が、新八たちを包むような感覚があった。

ふと、銀八の表情が気になり、新八は左手に視線を向けた。

白衣の担任は激した様子《ようす》もなく、さりとて死んだ魚のような目もせず、じっと高杉の背中を見つめていた。

「意外だな」

と、声を発したのは、朧だった。

「悪のカリスマ、血に飢《う》えた野獣——そう評されていた高杉晋助のもとに、このように大挙して御学友が馳《は》せ参《さん》じるとはな」

「御学友？　勘弁《かんべん》してくれ」高杉が鼻を鳴らす。「こいつらは、頼んでもいねえのに、勝手に来やがった、ただの暇人《ひまじん》どもだ……」

「強情《ごうじょう》張るのもいい加減《かげん》にするアル！」と、叫んだのは神楽だった。「暇人なんかじゃないアル！　お前がやせ我慢して一人でこんなとこ来るから、私たちが貴重な放課後を犠牲《ぎせい》にして来てやってるんだろが！　本当なら今頃私は、ユーチューブで『ボキャブラ天国』の動画を探してたアル！」

「いや、けっこう暇じゃん！　暇な時にしがちな作業だよ、それ！」と、こんな時でもつっこみをサボらないのが新八である。

「おぬしら、状況を考えろ！」と、そこへ鋭く言ったのは万斉だった。「晋助があんな状態だというのに……！」

「す、すいません！」と新八が慌てて詫《わ》びると、万斉がぼそりと言《い》い足《た》す。

「まあ、拙者は金谷《かなや》ヒデユキが好きでござったが……」

「あ、そーなんですね！」

そこへ、近藤が言う。

「ちなみに俺は、イノッチが司会になってからも好きだな！」

「いや、近藤さんソレ、『ボキャブラ天国』じゃなくて、『アド街《まち》ック天国』だろ」

土方がつっこむと、沖田が言う。

「俺は『アド街ック天国』より、『土方ック地獄』が好きですねェ」

「ねーだろ、そんな番組！　つーか、てめーはどんな体勢からでも俺を攻撃してくんのな！」

「……騒がしい連中だ」

３Ｚ《ずぃー》のやりとりに、朧の声がすっと差し込まれた。

しん、と工場内が一瞬静かになる。

「だが、腑《ふ》に落ちたこともある」と、朧が続けた。「こんな軽薄な輩《やから》と交《まじ》わっていたから、高杉晋助、貴様という男は弱くなったのだな」

「……俺が、弱くなった？」高杉が、わずかに首をかしげた。

「ああ。弱い、としか言えんだろう。仲間の女をさらわれ、単身で、しかも無策で乗り込んできた上に、我らの暴力に対して無抵抗を貫《つらぬ》く――これで悪のカリスマとは片腹《かたはら》痛い。無抵抗なのは、勝ち目がないからか？　それとも、騒ぎを起こして退学になり、軽薄な仲間と別れるのが辛《つら》いからか？　いずれにしても惰弱《だじやく》な男に成り下がったものだな」

「そ、そんなこと言って！」新八は、思わず口走っていた。「アンタ、ほんとは羨《うら》ましいんじゃないのか!?　そうやって無口なモブに囲まれてるから、ワイワイやってる僕たちが、ほんとは羨ましいんじゃ……」

あ、と新八はそこで口を閉ざした。朧がじっとこちらを見ているのに気づいたからだ。図星《ずぼし》を突かれた怒りなのか、それとも、もっと複雑な思いが浮かんだのか、朧の表情からはわからなかった。

そこへ、高杉が言った。新八に横顔を見せ、

「小僧、お前が熱くなってどうすんだ」

「あ、いや――」

「それにな、俺が、あいつらに対して無抵抗なのは、勝ち目がねえからでも、ましてや退学をびびってるわけでもねえ。……今日ここにいる俺が、万事部の高杉晋助だからだ」

高杉の体が、いつのまにかふらつきを止めていた。その背が、すっと伸びている。

高杉が続けた。

「依頼に応えんのが万事部だ。だから、今日の俺は依頼に応えるためにここに来たんだ。――朧、てめーは俺に苦痛を味わわせ、屈服させたいんだろ？　だから俺は、抵抗もせず、てめーらの与える苦痛を味わってやっている。屈服しねえのは……」そこで、高杉が短く笑うのがわかった。「てめーらの与える苦痛がぬるいから、屈服しようにも屈服できねえってだけだ」

その言葉に、新八は息を飲んでいた。

ただの強がりとは違う、揺るがぬ芯《しん》を感じさせる声音《こわね》と言葉だった。また子や万斉たちが、高杉に心酔する理由の一端を垣間見《かいまみ》た気がしていた。

「なるほど、そういう理屈か……」朧が何度か頷くのが見えた。「ならば――」

と、朧が高杉のほうへ足を踏み出した。

「俺が本当の苦痛を与えてやろう！」

8

黒く禍々《まがまが》しい大鴉《おおがらす》が高杉に躍《おど》りかかる光景を、新八は幻視した。

朧の拳が高杉の頬をとらえ、高杉の首がちぎれんばかりに伸びた。朧の膝が高杉の腹を突き上げ、高杉の体は宙に浮いた。

拳や蹴りに頭突きも織《お》り交《ま》ぜられた。苦悶《くもん》の声すら許さぬほど、朧の暴力は矢継《やつ》ぎ早《ばや》に高杉の体に注《そそ》ぎ込《こ》まれた。時折舞い散る血が、工場の床を汚《よご》した。

「晋助様ァァ！」

また子が椅子の上で暴れていた。

「晋助！」

万斉が動きかけた。だが、それを、

「行くな！」

と、鋭く制したのは銀八だった。

万斉は銀八の顔を見返した。銀八は言葉を継がず、高杉を見つめている。

そうしている間にも、高杉の体には、朧の繰り出す「本物の苦痛」が降り注いでいる。

鳩尾《みぞおち》を拳で突き上げられ、高杉は上体を前に折った。その高杉の髪を摑《つか》み、無理やりに起こすと、朧はその顔に執拗《しつよう》に拳を叩きつけた。不快な音が永遠と思うほど続いたあと、朧は摑んでいた髪の毛を離した。高杉の体から力が抜け、膝が床に落ちる——その寸前で、朧は高杉の肩を摑み、倒れることを許さなかった。

「まだ、終わりじゃないぞ、高杉」

言って、朧は高杉の額《ひたい》に頭突きを浴びせた。

あいつ……！

朧の意図《いと》が新八たちにもわかった。

朧は高杉を屈服させないつもりなのだ。高杉はもはや意識朦朧《もうろう》で、手を離せば床に倒れ伏すだろう。だが、そうはさせない。「屈服」という「ゴール」を先送りにすることで、朧は高杉に暴力の無間《むげん》地獄を味わわせるつもりなのだ！

「聞こえるか、高杉！　天照院の羽《は》音《おと》が！　刻みつけろ、高杉！　本物の苦痛の味を！」

言葉とともに、朧は拳を繰り出していく。

その時、ざっと足を踏み出したのは、土方だった。

「もう、我慢ならねえ……」

だが、土方のことも、銀八は制した。

「動くなつったろ」

「正気かよアンタ!?」土方が食ってかかった。「あんなもん見せられて、行くな動くなって、アンタそれでも教師かよ！　俺らの担任かよ！」

「あいつは！」銀八が怒鳴った。「高杉は！　通そうとしてんだ、万事部の意地を！　それをくんでやるのが仲間だろーが！」

「だ――」担任の剣幕に一瞬は土方も怯《ひる》んだ。だが、あくまで一瞬だった。「だからって、このままじゃ――あいつ死んじまうぞ!?」

「そうですよ、先生！」新八が半泣きで銀八に詰め寄ると、他の3Z《ずいー》たちも、「先生！」「先生！」とそれに続いた。

「黙って見てろ！」銀八はすがる教え子を一喝《いっかつ》すると、固めた拳をゆっくりと持ち上げた。

「心配すんな。ここからは――先生の出番だァァ！」

と、叫ぶや否《いな》や、銀八はダッと駆け出した。

拳を振り上げ、朧と高杉のほうへ向かっていく銀八を見て、
え!?　マジ!?　手ぇ出しちゃうの!?　教師が!?　と、新八たちは一瞬慌てた。

「高杉ィィィィィ！」銀八が叫んだ。「バイク通学は禁止だろうがァァァ!!」

ゴシャアア!!　と、銀八の拳が高杉の顔面にヒットした。

いや――――

そっちィィィィィ!?

３Ｚ《ずぃー》が白目で叫んだ。高杉殴《そっち》んのォォォ!?

吹っ飛んだ高杉の体が工場の床をズザザァと滑《すべ》っていき、そして止まった。

「たくよー、二度とすんじゃねーぞ、バイク通学なんて」銀八は殴った右手をぶらぶらと振りながら、言った。

「どういうつもりだ?」朧が銀八に言った。

「どういうつもりって、教え子が校則違反したから指導した、それだけのことだよ。ま、ちょっとお灸《きゅう》がきつすぎて、あの野郎、伸びちまったけどな」

銀八は言って、床の高杉に目をやった。

高杉は仰向《あおむ》けのままぴくりとも動かない。当然だ。もうとっくに立つ力を失っている状態で朧の暴力を浴び続けていたのだ。そこに飛んできた銀八の鉄拳《てっけん》は、だから、高杉を朧の暴力から解放するために放たれたものなのだ。

意図がわかると、新八は内心で銀八の行動に感謝した。銀八らしい無茶苦茶《むちゃくちゃ》な解決法だが、この場合、他に策はなかったように思える。

銀八が言った。

「……さて、朧君。万事部の高杉君は、見ての通り、お前たちの本物の苦痛とやらをたっぷりと味わった。そして、床に伸びたあの姿は、どう見ても屈服している図だ。まあ、屈服させたのはお前じゃなくて、俺の拳なわけだが、屈服したことに違いはねえ」銀八はにやりと笑って続けた。「――というわけで、お前らの依頼は果たされた。すみやかに来島また子を解放し、ここから帰ってくれ」

なるほど、うまい、と、ここでも新八は感心した。

高杉を屈服させたのは、朧の暴力じゃなく銀八の指導、ということにしておけば、高杉の名誉《めいよ》も一応は守られる。そして、万事部への依頼が果たされたとなれば、「依頼人」の朧たちは去るしかない……理屈《りくつ》の上ではだが。

「詭弁《きべん》、というより、くだらん屁《へ》理屈だな」朧が言った。「高杉を屈服させたのは、我らだ。そして、のこのこと集まったお前らも、無事では帰さん。同様の苦痛を味わってもらう」

「おいおい……」銀八が肩をすくめた。「ここいらで水入りにしといたほうが、お互いいいんじゃねーか？　コトが大きくなりすぎたら、おめーらだって困るだろ」

「困ることなど何も」

朧が言って、すっと右手を動かした。すると、左右に分かれて待機していた天照院の生徒たちが、拳を固め、腰を落とした。

五百人規模の兵士が一斉《いっせい》に戦闘準備に入るさまは、恐怖以外の何物でもなかった。

「マジか、てめーら……」

銀八の声に、緊迫の色が混じった。

「俺は平等主義者でな」朧が言った。「心配せずとも、教師《アンタ》も生徒《そいつら》も、等しく痛めつけてやる」

自分の体が微かに震えていることに、新八は気づいた。

違う、と思った。こいつらは、一般的にイメージされる不良とかヤンキーとか、そういうのとは違う生き物だ。義理とか友情とか面子《めんつ》とか、カッコいいとかカッコ悪いとか、そういう価値観とは無縁の世界に生きている、冷徹な破壊者なのだ。

銀八の奇策で打開できたと思ったが、どうやら状況は最悪の方向に向かいつつある……。

「結局、戦うしかないでござるか……」万斉が言った。

「まあ、俺は最初からコレでもよかったがねェ」似蔵が言い、

「やれやれ、策士なら、せめて策に溺《おぼ》れて死にたかったものですね」武市が、ため息をついた。

沖田が言う。「風紀委員会が他校とバトル。こりゃ、俺たち風紀委員解任でしょうね」

「かまうもんか」近藤が笑った。「もし解任されたら、俺たちで『風紀委員会2』を作り

ゃあいい」

「小2かよ、その発想」土方が呆《あき》れた顔でつっこんだ。

どうしてみんな、こんな時に軽口が叩けるのだろう。クラスメートの胆力《たんりょく》に、新八は驚いていた。向こうは五百。こちらは数十。バトルどころか、敵の軍勢にただ蹂躙《じゅうりん》されるだけかもしれないのに……。

「聞くがいい」朧の声がした。「我らが羽音」

3Z《ずぃー》の主《おも》だったメンバーが臨戦《りんせん》態勢を取った。怖《こわ》かったけれど、新八も。

朧が息を吸ったのがわかった。戦いの号令を、朧が発しようとする、まさにその寸前だった。

オンオオン！――バイクの爆音が響いてきた。しかも一台ではない。大集団のそれが。

天照院の追加勢力――なわけはなかった。朧の表情にも不審《ふしん》げな色が浮かんでいる。

爆音の塊は、どんどん工場に近づいてくる。あまりの音量に顔をしかめたくなるほどだった。

新八たちは工場の出入り口を振り返った。

鋼鉄の扉の向こう、腹に響くエンジン音とともに現れたのは、揃《そろ》いのライダースをまとったバイクの集団だった。二百台くらいはいるだろうか。全員が覆面《ふくめん》で顔の下半分を隠している。

先頭にいた、リーダー格と思しき者が手を挙げると、後続の者たちはエンジンをとめた。

爆音が治《おさ》まり、やっと互いの声が聞こえる状態になった。

リーダー格の男が、低速で３Ｚ《ずいー》たちのほうへ進んできた。

「楽しい集会やってるって聞いてな。チーム辰羅、ご相伴《しょうばん》にあずからせてもらうぜ」

バイクをとめ、男が言った。尖《とが》った耳が特徴的な男だった。

その男に少し遅れて、もう一台バイクが近づいてきた。そのバイクにまたがるのは、学ランを着た、モヒカンの男だった。

凶悪な人相のそいつが言った。

「待たせたな、おめーら！　交渉成立したぜ！」

「よくやった、山崎！」

近藤が言うと、モヒカンが答えた。

「山崎じゃねえッスよ！　今の俺は――マウンテン殺鬼《ザキ》だ！」

目がイッちゃっているモヒカン男の正体は、風紀委員の山崎なのだった。

「気合入りまくりの、このニーちゃんに、どうしてもって頼まれてな、まあ、好奇心半分で同盟案飲んでやったぜ」

辰羅のリーダーがそう言った。

そこへ、「おーい」という声が聞こえてきた。

振り返ると、長谷川が大勢のヤンキー生徒を引き連れて駆けてくるところだった。

こちらも人数は二百人近くいるだろう、ブレザーの制服は春雨高校のものだ。

「三凶星グループ！」武市が声を上げた。

新八たちのもとへ辿《たど》り着《つ》くと、長谷川はハアハアと息を喘《あえ》がせた。

「なんとか……同盟、飲んでくれたぜ……」

長谷川に続いて歩いてきたのは、三人の男だった。新八はあとで名前を知ることになるのだが、この三人は春雨高校の番長、猩覚《しょうかく》、范堺《はんかい》、馬董《ばとう》だった。

「群れるのは好きじゃねーんだが……このグラサン野郎に脅《おど》されてな」巨体の猩覚が言った。「同盟組んでくれねーなら、春雨《うち》高校《ち》のプールで苦労流《クロール》して、マダオンネン出現させるぞって」

モビルスーツのザクに似た范堺が言う。「まあ、同盟を組んだとて、SF要素のない小説版で、わしのできることと言えば、ネットに朧の悪口を書くくらいだがな」

額に目を持つ馬董も言う。「高杉は、いつか俺が狩りたかった男。その男が、女をさらうような卑劣漢《ひれつかん》に倒されるのは、俺としても看過《かんか》できぬからな」

「チーム辰羅！　そして、三凶星！　感謝します！」武市が言った。「これで、同盟は成った！」

「よーし！　これで数の上では五分《ごぶ》だぜ！」近藤が掌《てのひら》に拳を打ちつけた。

よかった……と、安堵から新八は座り込みそうになった。

そう――

高杉を追って学校を出た３Ｚ《ずいー》は、全員が廃工場を目指《めざ》したわけではなかった。同盟候補のもとに使いも送っていたのである。

同盟の成否《せいひ》は不明だし、仮に成立したとしても、天照院が全軍で３Ｚ《ずいー》に襲いかかる前に来てくれないと意味がない。

綱渡《つなわた》りのような賭《か》けだったが、なんとか渡り切れたようだ。

「五分だと？」朧は、しかし動揺した様子もなく、かぶりを振った。「人数は、確かに拮抗している。だが――地力《じりき》が違う。そいつらの加勢で対等になったと考えるのは、甘すぎるんじゃないか？」

「確かに対等ではありませんね！」

と、そこに響いた声があった。

振り返って、新八は――いや、３Ｚ《ずいー》全員が恐怖で顔を凍りつかせた。

「みなさーん！」と、こちらに駆けてくるのは、屁怒絽《ヘドロ》なのだった。しかも屁怒絽のあとには、屁怒絽にそっくりの風体《ふうてい》の——つまりは茶吉尼《だきに》族のヤンキー生徒が百人ほど続いているのだった。

「おいおい、ありゃあ……」と辰羅のリーダーが言った。「茶吉尼実業高校の連中じゃねーか」

駆け寄った屁怒絽が言う。

「みなさん、喜んでください！　茶吉尼のみんなが同盟してくれるそうです！」

と、一瞬聞き違えるほどに、茶吉尼のみんながトドメ刺してくれるそうです⁉　茶吉尼の恐ろしさは半端《はんぱ》じゃないのだが、味方についてくれるなら、これほど頼もしい存在はない。おっかなびっくり屁怒絽さんに、茶吉尼実業への特使をお願いしたのは大正解だった。

そして、加勢は茶吉尼実業に留《とど》まらなかった。

突然パリン！　と、天井の明かり取りの窓ガラスが割れ、人影が二人、３Ｚ《ずいー》のそばに飛び降りてきた。

軽やかに着地した、朱色《しゆいろ》の髪を三つ編みにした男と、砂色の髪の巨漢。二人を見て、神楽が声を上げた。

「バカ兄貴！　……と、その腰巾着《こしぎんちゃく》！」

「誰が腰巾着だ！」

阿伏兎《あぶと》が怒鳴った。

神威《かむい》がニコニコと笑って言う。

「アハハ。確かに、俺たち一緒にいすぎかもね、阿伏兎。このままだと俺たち変な関係に思われちゃうかも」

「うるせーよ。俺が腰にぶら下がってねーと、アンタは誰彼かまわずバトルしちまうだろーが」

　そこへ銀八が言う。「おいおい、誰だよ、夜兎工《こいつら》に使い出したの。聞いてねーぞ、俺は」

「いやいや、使いなんて来てないから」神威が言う。「夜兎工には夜兎工の情報網があるからね。カラスが廃工場で悪さしてるっていう情報は摑んでたんだ。で、こっそり上から様子見てたら、シンスケは伸びちゃうし、カラスは帰らないし、なんか事態が膠着《こうちゃく》してるっぽいから降りてきてみたってわけ」

「おい、バカ兄貴」と神楽が言う。「言っとくけど、喧嘩するわけじゃねーからな。しないで済むように、私たちは集まってんだからな」

「ええ？　つまんないじゃん。喧嘩しようよ。今日だけは、お前らの陣営についてやって

もいいよ?」

シャドーボクシングの真似《まね》をする神威に、「もう帰れよ、戦闘バカ!」と神楽がかみつく。頼んでもないのに現れた二匹の兎《うさぎ》だが、これまた味方になってくれた時の安心感たるや相当なものがある。

五百対数十。絶望的だった兵数の差は今や完全に逆転し、集まった顔ぶれを見るに、戦闘力の点でも凌駕《りょうが》しているのではないか。

頃やよしと見たのか、銀八が言った。

「朧。いくらおめーでも、このメンツと数を相手に、喧嘩おっ始めるとは言わねーだろ」

「……………」

「また子を解放して、ここから消えろ」

朧は、まだ無言だった。五秒、十秒……と、その無言が続く。じりじりと場の緊張感が高まっていく。

それでもやる、と、朧は言うかもしれない。こいつはそういう男なのかもしれない。

新八は息を吸い込んだ。うまく吐けなかった。ぞくり、と胸の奥が震えた。

朧が、こちらに背を向けた。

視線で合図を送ったのか、朧の意を受けた生徒が素早くまた子に駆け寄り、ナイフを取り出した。

煌《きら》めいた刃《やいば》の色に、一同は一瞬緊張したが、ナイフは結束バンドと紐を切断しただけだった。

また子が、手首をさすりながら、ゆっくりと立ち上がった。

また子は朧を見たが、朧はもう、また子への関心は失ったように銀八に目を戻していた。

ゆっくりと数歩、また子は歩くと、それからダッと駆けて高杉のもとへ向かった。

「晋助様……！」

倒れたままの高杉の傍《かたわ》らにしゃがみ、涙声で「晋助様」と、もう一度もらした。

朧が言った。

「混ざり合った色は、やはり醜悪《しゅうあく》なものだった」

「あん？」と、銀八が目を眇《すが》めた。

朧が続ける。

「……今日はそれが確かめられたということで、いったんは退《ひ》こう。だが、これだけは言っておく。天照院はこれであきらめたわけではない。そう遠くないうちに、俺たちはまた舞い降りる。それまで、震えて眠れ」

宣戦布告、とも取れる朧の言葉だった。

踵を返す気配を見せた朧に、「だったら俺も――」と、銀八が言った。

「だったら、俺もこれだけは言っておく」ちらりと背後――3Z《ずいー》のほうに視線を向けたあと、朧に目を戻して銀八は続けた。「もしまた、うちの生徒に手ぇ出すようなことがあってみろ。そん時は――万事部じゃねえ、万事屋の銀さんが出張に来るからよ」

「――!」

瞬間、朧の表情に怯《ひる》みに似た色が駆け抜けたのを、新八は見逃《みのが》さなかった。

が、すぐにまた元の無表情に戻り、朧は踵を返した。

鋼鉄の扉が軋《きし》む音がし、工場奥の出入り口――新八たちが使ったのとは反対側の出入り口が、天照院の生徒らの手によって開けられた。

朧を先頭に、整然とカラスたちは工場から去っていった。

最後の一羽の姿が見えなくなったところで、新八はその場にしゃがみこんでしまった。

よかった……。終わった……。死なかった……。難しいことは考えられない、シンプルな言葉が、泡のようにプツプツと胸に浮かんできた。

「よかったな、高杉」

と、銀八が声をかけるのが聞こえた。

仰向《あおむ》けの高杉に、銀八は言葉を続けた。

「見ろよ、お前のために、今日はこんだけの連中が集まってくれたんだぜ……つっても、今は引っくり返ってっから、見れねーか」

「それが……どう、した……」

　高杉の掠れた声が、かろうじて聞こえた。

「礼でも、言えってか……？」

「ふっ、てめーがそんな殊勝《しゅしょう》なタマかよ」銀八は笑った。「俺が言いてえのは、お前、万事部頑張ってよかったなってことだ」

「あ……？」

「一か月人助けを頑張ったから、徳がたまったんだろーな。そのおかげで、お前は今日、これだけの連中に助けられたんだ。これこそまさに、『情けは人の為《ため》ならず』ってやつだ。……って、俺今、すげー国語教師っぽくね？」

　最後の一言は３Ｚ《ずぃー》に向けて発せられたものだった。

　知るかよ、どーでもいいわ、つーかアンタ、国語教師だったんだ――いろんなコメントや笑い声が上がるなか、傷だらけのヤンキーは、こう呟いていた。

「うるせーよ。……バカ」

エピローグ

放課後——

校舎の屋上で煙草《たばこ》をくわえたところで、背後の階段室の扉が開く音がした。

振り返ると、高杉《たかすぎ》が立っていた。仲間は連れていない。一人だ。

銀八《ぎんぱち》はグラウンドのほうに向き直り、煙草に火をつけた。

高杉が、隣に立った。ちらり、とその横顔を見る。

「ひでー面《つら》してやがんな、まだ」

煙を吐きながら、銀八は言った。高杉の顔には、天照院《てんしょういん》にやられた傷の痕《あと》がまだ生々《なまなま》しく残っていた。

廃工場の一件から、一週間が経《た》っていた。

高杉が言った。

「停学にしてくれりゃあよかったんだ。そうすりゃ、学校なんぞ来ずに、養生《ようじょう》できたんだ。

それをお前らが――」

「いいじゃねえか、万事部《よろずぶ》続行できてよ」

廃工場の一件のあと、高杉には学校から処分が言い渡されていた。

自身は手を出していないとはいえ、他校との乱闘に関《かか》わったこと。そして、銀八も咎《とが》めたことだが校則で禁止されているバイクに乗ったこと。これらの行為に対して、学校が高杉に下した処分は――「万事部の活動を一か月延長する」というものだった。

「おめーの差し金か？　万事部の延長は」

「どうだかな」

銀八がはぐらかすと、高杉は舌打ちした。

「……食えねえ野郎だ」

にんまりと笑い、銀八は煙草を一口吸った。

「そんなことより、お前、部活はどうしたんだよ。いなくていいのか、万事部の部室に」

「戻るさ、部室には。だがその前にやっとかなきゃいけねえことがあってな」

そう言うと、高杉は銀八のほうへ向き直った。

「やっとかなきゃって……」

と、銀八は言いかけて、高杉が右の拳《こぶし》を固めていることに気づき、目を瞬《しばた》かせた。

「ん？　高杉くん、その拳は……？」

「てめーには、あの工場で一発入れられてるからな」

「や……えーと、高杉くん？」

「やられっぱなしでウヤムヤっつーのも、寝覚めが悪くてな」

「おいおい……いや、え？　そういうことなの？　それをしに、ここ来たの？」

言葉を重《かさ》ねる銀八の前で、高杉は拳をすうっと振りかぶった。

「ちょ、お前マジか!?　やっちゃうの？　それ、やり返しちゃうの!?　ここ小説版よ!?　君、生徒、僕、先生よ!?」

「ああ、わかってるぜ、先生」

にやり、と笑《え》みを浮かべると、高杉は振りかぶった右手を——ポン、と銀八の肩に置いて、体を寄せてきた。

「ありがとう、先生」

一言そう告《つ》げ、高杉はそのまま階段室に戻っていった。

え……？　と固まる銀八の耳に、ドアが閉められる音が聞こえた。

ややあって、銀八はフッと口元を緩《ゆる》めた。

「まったく……食えねえ生徒持つと、先生も苦労するぜ」

そう呟《つぶや》くと、銀八はその先を空に向けて続けた。

ねえ、〝先生〟——

■初出
銀魂 帰ってきた3年Z組銀八先生もっとリターンズ
冷血硬派高杉くん　　書き下ろし

[銀魂 帰ってきた3年Z組銀八先生もっとリターンズ] 冷血硬派高杉くん

2018年6月9日　第1刷発行
2024年9月11日　第3刷発行

著　者／空知英秋 ◉ 大崎知仁

編　集／株式会社　集英社インターナショナル
〒101-8050　東京都千代田区一ツ橋2-5-10
TEL　03-5211-2632(代)

装　丁／酒井布実子［Banana Grove Studio］

編集協力／添田洋平［つばめプロダクション］

編集人／千葉佳余

発行者／瓶子吉久

発行所／株式会社　集英社
〒101-8050　東京都千代田区一ツ橋2-5-10
TEL　03-3230-6297（編集部）03-3230-6393（販売部）
03-3230-6080（読者係）

印刷所／共同印刷株式会社

Printed in Japan　　ISBN978-4-08-703451-6　C0093
検印廃止

レポート「銀魂高校の歴史」

12年に及ぶ『銀八先生』シリーズを
レポート形式で総まとめ!!

タイトル	銀魂　3年Z組銀八先生	原作	空知英秋
		小説	大崎知仁
		発売日	2006年2月3日

◎あらすじ

だらしなく着た白衣、死んだ魚のような目。およそ高校教師にふさわしくない性格と風貌の坂田銀八。その担任クラス銀魂高校3年Z組には、これまた強烈なキャラクターの生徒がひしめき合って、恐怖のアミューズメントパークと化していた！　大人気コミック『銀魂』番外編「銀魂　3年Z組銀八先生」が小説になった!!

◎収録

第一講　一〇〇点取らなくていい七〇点でいいって塾の先生言うよね
第二講　人をこわがらせるのも一つの技術である
第三講　野球をするならこういう具合にしてはいけません
第四講　文化祭なんてつまんねえって言ってくるくせに、
　　　　ほんとはお前楽しんでるだろ?

◎特記事項

・3Zメンバーピンナップ 付き
・「土方」警察手帳型カードしおり 付き
・紙版／電子版ともに発売中！

銀八先生からの一言

「つーわけで、カンニングだ。
お前ら、なにかいいやり方ねーか？」

レポート「銀魂高校の歴史」

タイトル	銀魂　3年Z組銀八先生2 修学旅行だよ！全員集合!!	原作	空知英秋
		小説	大崎知仁
		発売日	2007年7月20日

◎あらすじ

なぜか3年になってから修学旅行がある銀魂高校。今年は大胆にも、行く先を3年Z組が決めることになった！　しかし、そこは激烈キャラの生徒がひしめく3年Z組。そう簡単には決まらない!?　『銀魂』番外編「銀魂　3年Z組銀八先生」がさらにパワーアップ。人気シリーズ第二弾!!

◎収録

第一講　修学旅行って行く前からワクワクするよね。え？　しない？
第二講　トラマナを使える奴がパーティーにいると、それはそれで便利
第三講　やっぱり大事なのはマニフェストだと思う
第四講　旅の恥はかき捨てって言うけど、
なるべくなら恥はかきたくないもんだ

◎特記事項

・銀魂高等学校3年Z組生徒証明書 付き
・3年Z組親友占い！ 付き
・紙版／電子版ともに発売中！

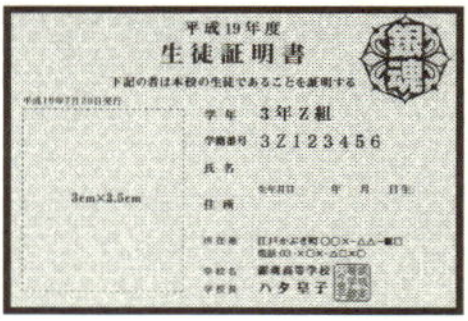

銀八先生からの一言

「うーし、じゃあ
ロン毛ホームアローン始めんぞー」

レポート「銀魂高校の歴史」

タイトル	銀魂　3年Z組銀八先生3 生徒相談室へ行こう！	原作	空知英秋
		小説	大崎知仁
		発売日	2008年7月4日

◎あらすじ

今回の３Ｚは半端じゃない。ミステリあり、バク処理あり、ヌルヌルネバネバあり、さらに匿名上等の緊急個人面談ありと、抱腹絶倒の面白さ。いや、七転八倒？　八面六臂？　……とにかく、『銀魂』番外編「銀魂　３年Ｚ組銀八先生」、のるかそるか、いちかばちかの第三弾！

◎収録

第一講　無理に崖の上で犯人と対決しなくてもいいんじゃね？
第二講　昔のジャンプを読みふけっていたせいで大掃除がはかどりませんでした
第三講　誰も見ていないところでミラクルを起こす奴がいる
第四講　人に相談する時って、
　　　　たいがい相談する前に自分の中でもう答えが出てる

◎特記事項

・高杉一派／スト●風 PLAYER SELECT
　ピンナップ 付き
・「オマケショート劇場　３Ｚの昼休み」収録
・紙版／電子版ともに発売中！

銀八先生からの一言★

「とりあえず、タイトルは『６年３組マヨ八先生』な」

銀魂高校の歴史

レポート「銀魂高校の歴史」

タイトル	銀魂　3年Z組銀八先生4 あんなことこんなことあったでしょーがァァ!!	原作	空知英秋
		小説	大崎知仁
		発売日	2009年4月3日

◎あらすじ

３Ｚ生徒が映画の主役に!?　学校で開催されたオーディションで、３Ｚの面々の隠された才能が発揮される!?　えっ、新八が転校？　学校がなくなる？　前代未聞の大騒動に、今度こそ銀八先生はまともに立ち向かうのか？　『銀魂』番外編３Ｚシリーズ、これ、最終巻らしいよ！

◎収録

第一講　映画ってほんとに素晴らしいものですね
第二講　ウサギの数え方は一匹二匹でも間違いじゃない
第三講　お父さんの仕事の都合で転校とか、ちょっと憧れる
第四講　外国から入ってきたものを、なんでもかんでも「黒船」と表現するのは、ちょっと安易なような気がしないでもない

◎特記事項

・夜兎工業高校／メモリアル卒業写真ピンナップ 付き
・「特別授業　特典とオマケだったら特典の方が響きがいいよね」収録

銀八先生からの一言★「長い間 ご愛読いただきありがとうございましたァ!!」

レポート「銀魂高校の歴史」

タイトル	銀魂 帰ってきた3年Z組銀八先生リターンズ 冷血硬派高杉くん	原作	空知英秋
		小説	大崎知仁
		発売日	2011年4月4日

◎あらすじ

停学中だった不良生徒・高杉が銀魂高校に帰ってきた！　復帰早々、春雨校や吉原商と喧嘩上等で火花を散らす高杉一派に、夜兎工番長・神威が殴りこみ！　ガチンコ学園抗争が勃発する!?　これギャグコメディ小説じゃなかったっけ…？　せっかく帰ってきたのに、どうなる３Ｚ!?

◎収録

第一講　帰ってきた○○とか、○○リターンズとかよくあるけど、アレ、ぶっちゃけ目新しい企画がないってことだからね
第二講　なんでもかんでも短くすりゃいいってもんでもない
第三講　解散の理由は、方向性の違いではなくて、
ボーカルの女とギターの奴がデキてたからです。
第四講　わざと遅れて来て目立とうとする奴にドロップキック

◎特記事項

・俺たちは腐ったミカンじゃねェ!!／
かぶき町ヤンキーまっぷピンナップ 付き
・ヤンキーロックステッカー!! 付き
・紙版／電子版ともに発売中！

銀八先生からの一言

「高杉」「明日、お前日直だからな。遅刻せずに教室来いよ」

レポート「銀魂高校の歴史」

タイトル	銀魂 帰ってきた3年Z組銀八先生フェニックス ファンキーモンキーティーチャーズ	原作	空知英秋
		小説	大崎知仁
		発売日	2012年10月4日

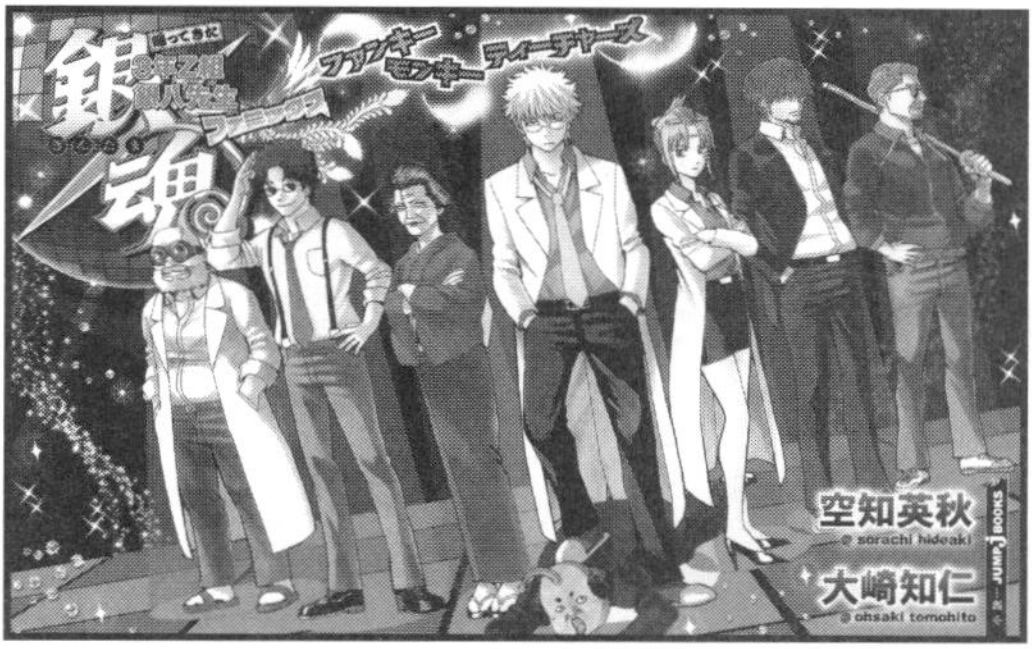

◎あらすじ

事件はいつも職員室でおきている!?　銀八先生を筆頭に激烈キャラの３Ｚに負けず劣らずの超個性的な教師陣。そこに新任教師・月詠も加わって、ボケっぱなしの職員会議はさらにエスカレート!!　不死鳥のごとく蘇る銀八先生シリーズ、今度はファンキー教師が大活躍だァァ!!

◎収録

第一講　一日体験したぐらいで、すべてをわかった気になってもらっちゃ困る。
　　　　え？　誰もわかったなんて言ってない？　じゃあ、ごめん。
第二講　ややや？　卒業生がやって来ない!!
第三講　大人のお医者さんごっこは、子どものそれとはわけが違う。
第四講　玉をアレしたり棒をナニしたり、体育祭って、なんかエッチ。

◎特記事項

・ファンキーモンキーティーチャー／
　3年Z組時間割ピンナップ 付き
・書いては消せる夢のガジェット zPad 付き
・紙版／電子版ともに発売中！

銀八先生からの一言

「右手にジャンプ！　左手に煙草！　国語担当、坂田銀八！」

レポート「銀魂高校の歴史」

タイトル	銀魂 帰ってきた3年Z組銀八先生フォーエバー さらば、愛しき3Zたちよ	原作	空知英秋
		小説	大崎知仁
		発売日	2013年9月4日

◎あらすじ

銀八が教師の代わりに目指した新たな職業とは!? 高杉、バンドで天下取り!? 桂VS銀八の最終決戦に、新八の図書室戦争、さらには3年Z組の同窓会まで!? 小説版最終巻は、笑いと涙のたっぷり詰まったショートショート集!! さらば、銀魂高校! 3Zよ、永遠なれ!

◎収録

まえがき漫才
第一講　泥棒から始めよう　　第二講　俺が俺がの精神で
第三講　みんな◯◯になっちゃった!　　第四講　小さい奴み一つけた!
第五講　図書室ではお静かに　　第六講　テストとはいくつになっても嫌なもの
第七講　トリオ・デ・イロイロ　　第八講　高校なのに家庭訪問あるんだ
第九講　ギャーギャーギャーギャーやかましいんだよ、同窓会ですかコノヤロー

◎特記事項

・寄せ書き色紙ピンナップ 付き
・紙版／電子版ともに発売中!

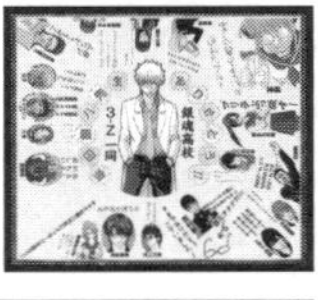

銀八先生からの一言

「最終回ですか
コノヤロ――――!!」

銀魂高校の歴史

レポート「銀魂高校の歴史」

◎きみもレポートにまとめてみよう！

◎心に残った一言

◎好きなシーン

◎読書 MEMO

レポート「劇場版銀魂の歴史」

タイトル	**劇場版銀魂　完結篇** 万事屋よ永遠なれ	原作	空知英秋
		小説	大崎知仁
		発売日	2013年7月8日

◎あらすじ

坂田銀時が呼び出された5年後の世界。そこで銀時が見たものは、謎のウイルス「白詛」によって荒廃した江戸、万事屋の後継争いをする新八と神楽、そして自らの墓標だった…!!

未来を取り戻すため、銀時たちの戦いがはじまる──!!

空知先生完全新作ストーリーの劇場版小説化!!

◎特記事項

・ティザービジュアル／キービジュアル ポスターピンナップ 付き
・紙版／電子版ともに発売中！

坂田銀時からの一言

「劇場つーか、……俺、劇場版の中に入ってね？」

レポート「映画ノベライズ銀魂の歴史」

映画ノベライズ銀魂の歴史

タイトル	映画ノベライズ　銀魂	原作	空知英秋
		脚本	福田雄一
		小説	田中 創
		発売日	2017年7月14日

◎あらすじ

幕末の江戸、鎖国を解放したのは黒船──ではなく、エイリアンと宇宙船だった！　今や地球人と宇宙からやってきた天人が共に暮らす、将軍のおひざ元の江戸・かぶき町。ここで、なんでも屋「万事屋」を営む銀時は、従業員の新八や居候の怪力美少女・神楽といつものようにダラダラした午後を過ごしていた。だが、ぼんやり観ていたTV番組のニュースで、カブトムシ狩りで一攫千金できると知り、てんやわんやの大騒動！　そんないつもの日常の中、影でうごめく「人斬り似蔵」の異名を持つ浪人・岡田似蔵と、かつて銀時と共に攘夷志士として救国のために戦った高杉晋助。今、江戸を揺るがす一世一代の大バトルが始まろうとしていた──!!

◎特記事項

・映画のシーンカットを収録したカラーピンナップ 付き
・紙版／電子版ともに発売中！　・みらい文庫版も発売中！
・2018年8月17日公開の映画『銀魂2（仮）』も映画ノベライズ刊行予定！

坂田銀時からの一言

「にゃあにゃあにゃあにゃあ、やかましいんだよ。発情期ですか？」

JUMP j BOOKS：http://j-books.shueisha.co.jp/

本書のご意見・ご感想はこちらまで！

http://j-books.shueisha.co.jp/enquete/